Yo-Yo Boing!

Otros títulos de Giannina Braschi:

El imperio de los sueños
United States of Banana

Yo-Yo Boing!

Giannina Braschi

amazoncrossing

Printed in the United States of America

Yo-Yo Boing! was originally published in 1998 by Latin American Literary Review Press, Pittsburgh, PA.

Published in Spanglish in 2011 by AmazonCrossing.

Published by AmazonCrossing
P.O. Box 400818
Las Vegas, NV 89140

ISBN-13: 9781611090895
ISBN-10: 161109089X
Library of Congress Control Number: 2011906565

Yo-Yo Boing!

I.   Close-Up... 3

II. Blow-Up 21

III. Black-Out... 231

I. Close-Up

Comienza por ponerse en cuatro patas, gatea como una niña, pero es un animal con trompa feroz, un elefante. Y poco a poco, se le va desencajando el cuello, y poco a poco, le crece el cuello, una pulgada, luego dos pulgadas, luego cinco pulgadas, hasta que su cabeza se aleja tanto y tanto del suelo, casi diría que toca el techo de la casa donde habita, casi diría que da golpes contra el techo, ya no cabe su cabeza en esta casa, ha crecido tanto y tanto. Y de repente descubre que lo que ha crecido no es su cabeza sino su cuello. Es, entonces, definitivamente, una jirafa. Pero se va jorobando, se le van encogiendo los huesos de las manos y de los pies, hay una conmoción en su cuerpo, estallan bombas por todas partes, fuegos artificiales, truenos, relámpagos, palpitaciones, intenta parar la rebelión, pero es en balde y en vano. Le da por abrirse las nalgas, como si fueran un bocadillo de jamón y de queso, de abrirse todo su culo, de dejar que salga esa otra parte de su cuerpo, esas piedrecitas marrones, que a veces son plácidas, que a veces se prolongan, que casi se derriten por dentro y por fuera, que son largas y redondas y verdes, y son sus queridas, sus amantes pelotas, cacas, caquitas, y el agüita amarilla junto con ellas, que las derrite y las zambulle en el inodoro, y le transmite ese otro olor amargo y violento, repugnante y atractivo de los capullos abiertos y de las violetas. Quería sentir la caída en el agua de la sangre negra, de la sangre muerta de su cuerpo. Quería

3

bañarse en toda la sangre de la muerte de su juventud. Tenía unos deseos arrolladores de sentarse en su trono blanco y redondo, de agacharse con lentitud, de quitarse primero sus medias que le servían de braguetas, y luego sus pantaletas que le apretaban la cintura y le cortaban la respiración. Quería respirar abiertamente, desabrocharse el sostén, rascarse las tetas que le picaban, estrechárselas con rapidez, frotarse los pezones, mirárselos en el espejo, virarse de perfil, la parte ganchuda y encorvada de su nariz, parecía un alacrán, una araña peluda, quería convertirse en la araña peluda que era y además quería rascarse las cosquillas, sentir que se arrancaba una de las pepitas de su piel, uno de los granitos con pus, que parecían varicelas, y ver que brotaba el manantial de la sangre, y chupársela como un vampiro y después escarbarse la gruta de su sexo, donde el cabello rizado y ondulado hacía unos nudillos, y verse la costra de la suciedad, y olerse el olor dulce a nata de café, a crema de azúcar, y luego dormirse en una de sus ampollas, sacarse el zumo de la ampolla, el líquido blanco, transparente y espumoso, y sentir la explosión de la ampolla le daba un placer infinito, explorar todos los hoyos de su piel y todas sus superficies, hasta quedarse vacía, rota y hueca. Se miró una cascarita que tenía en la rodilla. La costra estaba seca. Se la podía arrancar y saldría sangre. Se la podía despegar como un esparadrapo y ver dentro la tapa de otra piel, de su propia piel, no bronceada, sino rosada y mustia. Primero hizo como quien no quería la cosa, siguió su forma, la acarició, enamorándola, diciéndole con los dedos que la quería, embaucándola, sacándole su mejor vibración, su mejor sonido metálico, la cáscara parecía que se quería ir de la rodilla con la mano que la tocaba como las cuerdas de una guitarra, sí, sacaba música de ella, sacaba sangre, líquido amarillo, fue amontonándose sobre ella misma, concentrándose en el poderío de la mano, desligándose de la rodilla, mientras los dedos la seducían, las uñas la despellejaban de la piel de la pierna, y la cáscara, aunque herida, desangrada y desarraigada, se aposentó como doncella amada en la palma de su mano. Allí fue acariciada de nuevo, fue adorada por los ojos, fue anhelada por la saliva, fue succionada por la lengua, con ella jugó por unos instantes su deseo relampagueante. Después de haberla chupado y amasado y triturado, la escupió contra el suelo y la arrolló con el dedo gordo del pie, luego la recogió para tirarla en el lavabo, puso el grifo a correr, y fue succionada por la gárgola. Se quedó desprendida de sus raíces, de sus antojos, se sentía inquieta, buscaba otra estrella, otra fascinación que la hiciera hervir en la caldera de sus añoranzas, una meta objetiva y concreta, un granito de arena amasado a la yema de sus dedos, una migaja de pan caliente donde pensar por un momento o dormirse en la mansedumbre del objeto sensible que toca. Mientras lo hacía, con cierta obsesión, su respiración se convertía en la respiración de un animal que vacila, y su vacilación, honda y lenta, pero premeditada, se convertía en la respiración de un cirujano que corta el cuerpo de un paciente. Con extremada cautela y placer, se metía la sangre de la herida en la boca, el pellejo de la ampolla en la boca, y jugaba con las viscosidades que se arrancaba de su plexo solar–los mocos y las legañas de sus ojos eran sus juguetes, sus muñecas–y además jugaba con todos estos órganos al escondite, y se los pegaba en distintas partes de su cuerpo, como un coleccionista de sellos, y todo esto lo hacía mientras iba escuchando una música lenta y pausada, mientras sentía unos deseos infinitos y concretos de pujar, para afuera, de exhalar para afuera, de inhalar y exhalar para adentro. Estaba allí excavando una cueva, con los nudillos de los dos dedos índices apretó contra un hoyo, y fue saliendo lentamente una lombriz blanca y perfilada. Apretó fuertemente los nudillos contra la piel ya irritada, apretón una vez, apretón dos veces, salió su cabeza negra, qué bien, pero todavía quedaba mucha lava hirviendo por adentro, otro apretón, ahora salió un poco de pus y un poco de sangre, herida, el volcán en erupción, sangre, no, no era la sangre lo que anhelaba, no se curaba con la sangre, tenía que salir el pus, el polen, tenía que salir la lombriz entera, vivita y coleando, el intento anterior fue demasiado rápido, ahora tenía que contener el aprieto, apretarlo y aguantarlo en el apretón, no dejar de asfixiarlo, no permitir que el poro abierto respirara, agrietarlo, abrirlo más, dejarlo vacío y vacío de agua, de espinilla, de sangre, limpio y brillante. Estaba arrinconada en uno de los lados del poro, había estirado sus piernas, daba patadas, defendiendo su caverna, la tenían sitiada, la atacaban con cañones y rifles, la presionaban, y mientras más la presionaban, más se resistía, se dilataba más y más contra las paredes del poro, pero no daba señales de querer ser derrotada y menos vencida, se había hecho parte de la piel, le había gustado ese hoyito más que ninguno otro, bien es cierto que había penetrado en otros poros en las aletas de la nariz, los había cerrado con la punta de la espinilla, era nómada-cavernícola, pero aquí mismo había estado clavada e ignorada, había intentado guardar las apariencias, había aprendido la lección de otros lugares, había sido echada por haber querido lucir, luminosa y brillante, por haber aparentado ser espina, ser luz, pero ahora había disimulado su cascarón, había disimulado su miseria, su amargura. Ella al principio pensó que era un lunar, pero después notó el borde, la cabeza, y con rabia la apretó, con más rabia y coraje por haber sido engañada, tomó agua del grifo, se la pasó por el poro abierto, ésta vez no se le podría escapar, la atacó con agudeza, sin que le temblaran los nudillos, la fue sacando contra su voluntad, tuvo que ir saliéndose, tuvo que entregarle sus heridas, sus alargadas protuberancias, todas sus pertenencias, y rendida, salió el cuello, luego las manos, los pies, la barriga era enorme, era gigantesca, era perfecta, plaquiti, plaquiti, pla, pla, pla, así salió, y así se rindió entera, apareciendo toda brillante y grasosa sobre la punta alargada de su irritada nariz. Allí estaba, sobresaltado, como queriendo averiguar qué estaba pasando con la espinilla, se le había inflado la panza, parecía una mosca, sí, parecía una mosca a punto de volar. Se movía como una garrapata alrededor del círculo de su hoyuelo, y comía carne, y alrededor suyo toda una serie de hormiguitas, de pequitas, ya se sabe que donde hay carne, rondan los bichos roedores. Se le acercó, ah, sí, tú, un bicho raro, un bicho bien raro, cómo cogerlo, tomó su dedo índice y se lo desprendió. Bailó en su dedo, como si fuera un grillo, una esperanza, movió su rabito, hizo un baile en zig-zag, zigzag, se remeneó como un pedazo de alambre, como un cordón blanco simuló su alegría, su afán de vivir. Lo miró un rato y enseguida se le fue haciendo la boca agua, reclamando su cautiverio, su esclavitud, pero no eran los labios, ni los dientes quienes más lo querían, lo quería la lengua para pasárselo al paladar, dejar que el paladar sintiera el placer de tenerlo como huésped o como prisionero, y después de haber dormido, quizá un segundo, quizá dos días, dentro de la cama de una muela rellena de plata, jugar con él un poco más, despertar algún alboroto, hacer una mueca, o una orgía, sí, emborracharlo con la muela, con la lengua, con el paladar, y entonces devorarlo, desaparecerlo. Uno más, qué más da. Uno no da, llévate más. Había llegado su hora, tenía que aprovecharse ahora, ahora mismo, que ella había abierto la boca, para buscar el primer rotito que encontrara, para asomarse a través de los dientes, para aparecer entremedio de la comisura de los dos dientes de enfrente, para meterse por ahí, rápido, rápido, tenía que apurarse, tenía que llegar a tiempo, esta experiencia era única, irrepetible, si no se apuraba y bajaba por la nariz y pasaba por el galillo de la garganta y dejaba que el paladar lo saludara, buenos días, lengua, sabe bueno el gargajo, con su permiso, muela, tengo que pasar, rápido, sí, corre, corre con rapidez, y pasa, se cuela por la lengua, resbala por el paladar y le hace frente al diente, lo empuja, se mete por el rotito y se le encarama al diente que está enfrente, a la derecha, sí, de los dos más grandes, y ahí mismo, qué risa, para ella que buscaba y buscaba, y no encontraba, abrir la boca, reírse y encontrarse con el hoyuelo, abierto y desnudo, con su descarada sonrisa. Mírame, linda. Mírame, linda. Se miró en el espejo del tocador, se tocó el mentón, tres pelitos puntiagudos que todavía no habían crecido. Agarró las pinzas de una cartuchera de maquillaje. Intentó sacarse el primer pelito, imposible, acababa de nacer, peor que un granito, todavía no estaba listo. Fue al segundo pelito, pero ahora cambió su arma de ataque. Sacó del estuche otra pinza cuadrada en la punta, maniática y obsesionada, miró la punta del pelito con el rabo del ojo, y este sí que pudo sacárselo. Volvió entonces sobre el anterior, ahora sin vacilación y con vigor, y plas, plas, se arrancó el primer pelito. Pasó entonces con ligereza, como si la pinza estuviera corriendo una carrera a través de su barbilla, y sí, habían otros vellos raquíticos y enclenques que no tenían una púa, pero que mirados con una

8

lupa se veían, y mirados al sol relucían y eran gruesos y feos, y con la pinza cuadrada fue uno por uno arrancándolos. Se pasó la yema del dedo índice y del mediano por el borde del mentón, y fue buscando la púa del otro pelo hasta que la encontró, y le dio tres toques pero no pudo arrancarlo. Cogió la puntiaguda, localizó su presa, y con ferocidad, la agarró por la cabeza y se arrancó el tercer pelito. Entonces volvió a frotar sus dedos sobre el mentón, y ahora lo sintió plano y liso como una plancha y se sintió tranquila y feliz. Luego se pasó la mano por la barbilla buscando ahora granitos para explotar, pero sólo tenía unas marquitas negras que eran las señales de otros granitos que se había explotado. Su cara desnuda estaba llena de cardenales, de pequeñas cicatrices sin cicatrizar, de pequeños alicates o de hoyitos, además tenía lunares, y verrugitas, tenía que ponerse una base que tapara las pequeñas imperfecciones, los pequeños sufrimientos monótonos y diarios. Se puso unos cantitos de Doré en la frente, dejó que gotearan un poco, se puso más en la punta de la nariz, con el índice deslizó la gota por las aletas tapándose dos huecos abiertos, y poniéndose también un dash de Souci en los cachetes, fue dando vueltas, derramándolo por los pómulos, girando por las mejillas arreboladas, patinando en círculos concéntricos, y deslizando sus yemas amelcochadas de grasa por los granos ahupados y por los chichones, disparando centellas y balas, y deslizándolos de nuevo por la nariz como si fueran trapecistas o saltimbanquis. Pasando por una pasarela de recuerdos, recuerdos que se presentan avientados, mirados rápidos, con una velocidad más larga aún que la que atraviesa un tren al dejar detrás, en un abrir y cerrar de ojos, de un pueblo a otro pueblo, correría y remembranza, recorrido de animales pastando y recorrido de dimples en los cachetes y de pestañeos. Frotó la base por toda su frente, y la disolvió sobre sus sienes, y entonces le dio la expresión verde, anaranjada y violeta a sus ojos. El delineador derramó por toda la superficie de sus párpados, la cáscara alborotada de un huevo, la yema amarilla, y fue escupiendo y puliendo y dibujando florecillas. Abrió un blush-on empañado, le echó aire de su boca y luego lo frotó con un kleenex, no vio ni su cuello de tortuga, ni su chata nariz, ni sus poros abiertos, se viró de perfil, y su nariz no la dejaba ver las bolitas de sus ojos, sólo veía el pestañeo de sus pestañas, lo bajó hasta mirarse sus labios resecos, se los humedeció con la punta de una Nimphea. Sacó el Bloonight del gabinete, y otro espejo de mano redondo, para aumentar la dimensión de sus descalabros, aumentados y complejos, acomplejados, se vio las garrapatas y las cucarachas, y se hundió en el pánico terrorífico de su dolor. Viró el espejo de mano del otro lado, y entonces pudo volver a contemplar la superficie de su tierra y la geografía de su continente. Cogió el Bloonight que estaba echando chispas y salivazos por uno de los extremos, se lo pasó por las pestañas, y en uno de los pestañeos, se dio un golpe en la córnea con la brochita de la mascara que la hizo pestañear más, y echar una larga y gruesa lágrima de cocodrilo, salada y negra. Se pasó un coverstick por las ojeras, para ocultar la mancha, parpadeó de nuevo, y con un powder puff fue empolvando su cara, pensando que estaba borrando los dibujos de una tiza en la pizarra. Un payaso. Toda pintarreteada de blanco, con dos sombras oscuras en los ojos, y dos ciruelas en los cachetes, y los labios listos para darle un beso a un cerezo, estaban pintados de rojo goma en carne viva. Y por las sienes bajaban dos aguavivas, dos largas y gruesas manchas de sudor que se arrastraban en las arrugas, en las arrugas que no eran arrugas cimentadas en la cara, sino arrugas formadas de repente por el estado anímico de los ojos, por los surcos que se arremillaban y desembocaban en la boca donde la lengua las disolvía y la garganta, con su nudo, las hacía papillas. Era hipnotizador ver cómo las pestañas parecían la sacudida otoñal de un árbol al balancearse en sus ramas, cómo caían las hojas pestañeando frondosas y alborotadas, cómo se abrían las ventanas de la piel respirando, y cómo los poros succionaban la base que se iba derritiendo, como una vela en un candelabro, y cómo la ilusión se iba oscureciendo, y el polvo, al ocultar las cuevas y las espinas, las sacaba aún más, y cómo traslucía la transparencia fría, y cómo se acaloraba y se derretía en el fuego y cómo las mismas luces y las mismas sombras y el juego de luces y de sombras, iban haciendo estragos en el cuello, mientras el cutis absorbía y sacaba el zumo suculento de la grasa, y uno se preguntaba si era la grasa que salía de adentro, tal vez de las entrañas, o era la crema del maquillaje, o era la combinación de ambas cosas, junto con el polvo derretido en el blush-on y en los labios resecos y cortados, habiéndosele ido el pintalabios, y aún cuando no se quitaba ninguno de estos emplastes, cuando ya su rostro se había convertido en la careta, cuando ya nunca más se podía quitar la magia y el hechizo del sudor, y los arrecifes y los surcos por donde pasaban las corrientes de las lágrimas, y la sonrisa y el alargamiento de los ojos achinados, y los estrujamientos de la expresión planchada, cocida, cruda en su crucifixión se habían esculpido en orugas, en verrugas, en tortugas, en arañas, en jorobas, en tatuajes, en marcas que ya no crecen, o que si crecen envejecen, pero no van como los cangrejos dando la vuelta hacia atrás, persisten en prolongarse, en abrirse más, en alargar el movimiento y el crecimiento hasta paralizarlo en el envejecimiento encandilado hacia la muerte de la juventud, oreja que escucha el sonido de un caracol sobre la oreja de la arruga, y se pregunta, si volverán ya nunca más a ser verrugas, arrugas o lunares. Oh, espejo mágico, que te fragmentas en tantas expresiones, cuál de todas es real, cuál le miente siempre, cuál teme que sea la llamada no de la muerte, que es demasiado real, sino de la misma muerte que es la realidad, y que no come cuentos ni se embarra de maquillaje. Encendió una lucecita verde que enfocó claramente su perfil izquierdo. Al golpe de luz que invadió su cara, cerró los ojos lentamente, y le dio trabajo abrirlos. Quedó reflejado el desagrado que sentía al verse ladeada, mitad en oscuridad, deformada, no sólo por la luz sino además por la inarmonía que sentía en sus ojos y en su boca jalonada. Buscó por toda la superficie de su cara el motivo del disgusto. Pensó que era su manía, su sola manía, la que la veía de esa forma, si ella hubiera estado distante a la imagen que veía, le hubiera gustado ser ella misma, sí, tal vez era eso, que estaba harta de verse enclaustrada en la soledad de su cara. Y si no era así, cómo era entonces que hacia ella se sentían atraídos otros seres humanos, cómo podían sentirse atraídos si no fuera porque la veían diferente a como ella se veía. Pensó en el tono de su voz, tan chillona cuando gritaba, cuando no sabía por qué ni cómo se le metía una rabia por dentro, una rabia que trincaba su quijada, endurecía su gaznate y resecaba toda su garganta. Pensó en las veces que tenía la imagen exacta en la cabeza de cómo quería aparecer, y por más que se peinaba las greñas, su cabello tomaba la forma que le daba la gana. Pero lo que a ella le desagradaba de ella misma, y la confundía, ciertamente la confundía, y la alejaba de ella misma, era el deseo que tenía

de verse tal y como los otros la veían. Quería saber lo que
pensaban de ella, y si lo que pensaban se lo callaban, y si estaban pensando algo diferente a lo que decían, por qué era la
cara suya, y no sólo la suya, la de todos los seres que se miran,
una alta muralla de cemento, tan impenetrable, tan verdade-
ramente impenetrable, misteriosa y silenciosa. Por qué estaban guerreando dentro de su cara, la acumulación de la grasa
y el brillo de los ojos con las lágrimas de cocodrilo y las ojeras
devastadas por el sueño del insomnio que no podía pegar los
ojos, y por todas partes escuchaba hablar dentro de sí, en un
mutismo que hacía orilla en el rostro, las orillas de los pensamientos que no eran pensamientos encerrados dentro de la
tumba de un reloj despertador, ni eran pensamientos tranca-
dos en un cofre con candados, eran esas arrugas que aflora-
ban a flor de piel, eran los subterráneos al bajar las escaleras
por la punta de la nariz, por la boca semiabierta, porque estaban marcadas y cocidas y fruncidas, eran las cavilaciones de
la cara con la cara, el encuentro del interrogador y del inte-
rrogante, de la grieta y la cuneta. Conforme la fotografía,
impregnada de manchas, se iba revelando a la luz del sol,
conforme se iba descubriendo en este instante preciso, como
si hubiera estado cubierta por un paño blanco, conforme se
iba mostrando, nunca igual en el movimiento cambiante del
primer desliz a través del tobogán de su perfil, quería libe-
rarse de ella misma, y de todos sus pensamientos. Quería
reflexionar sin ellos detrás obligándole el camino. Lejos, y
detrás de ella, está su bañera vacía que poco a poco se va
llenando de huecos o de sombras que la circundan como sus
propias reflexiones a quienes no les encuentra un cubículo
que las encuadre. Lagunas que hay que vaciar para volver a
llenar. Sombras que se vacían, porque ella sale por el marco

de una para entrar en el orificio de la otra. Qué hace ella encerrada dentro de este claustro mirando y reflexionando–como si su pensamiento pudiera virar su vida de arriba abajo. O como si ella pudiera, mirando el techo, sentirse a ella misma encaramada en él, viajando por el estrecho espacio, sin intentar salir, porque está extraviada, y desvariando alucinada. Cuando sus ojos se ponían a mirar un punto fijo, y ella comenzaba a proyectar en la pantalla de su frente toda una serie de imágenes, era casi siempre después de una noche en que había estado lejos de sus añoranzas, de sus deseos, cuando éstas retornaban con mayor ahínco y se afanaban por aparecer en la pantalla. Y casi siempre venían ligeras, y suaves, no eran ásperas, eran como una cascada de agua cayendo a borbotones, como un bienestar alegre, refrescaban su frente y hacían que sus ojos recobraran la ilusión primera. De hecho, los ojos se nublaban, lloraban de excitación infantil, y hacían que ella comenzara a hablar, mientras la música tocaba en su tocadiscos, hablaba con las proyecciones de imágenes que acaecían y surgían a borbotones, y fáciles, sin ninguna interrupción, sin ningún corte eléctrico que cortara la comunicación, era imposible cortarla, porque había surgido del placer de una noche en que la borrachera, y luego la pesadez de la cabeza, la habían libertado de todas sus ansiedades, del sentirse amarrada o controlada por sus propias quijadas, por las cadenas que la amarraban a las caderas de su cuerpo. Pero era necesario sentir la pesadez y la amargura del cuerpo, sentir el barrote y el látigo, para luego volar como los pájaros, y cantar, como nunca antes lo había hecho, con el tono exacto del color de la música, y que ésta, proyectada en su garganta, y llena de ilusión febril, comunicara el esplendor de su agonía liberada. Tenía que aguantar la nota, sujetarla con fortaleza,

14

quererla resistiéndola y empujándola porque debía continuar
elevándose, y surgiendo por los codos de la imaginación, y
bajando por las axilas del terremoto, y temblando en la
mesura dividida y vibrante del tono, y tenía que dirigirla con
la batuta, y a la vez resistir con distancia su invasión, y con-
trolar su emoción, y ser el productor, el motor, la velocidad, y
a la vez la oreja que escucha el desarrollo de la emoción, la
oreja que interrumpe el desentono, la inarmonía, el desequi-
librio, y la mano que sujeta, agarra y eleva, e incluso entu-
siasma, y produce elevando la sangre, el dolor del placer. Y
tenía que hacerlo no sólo con el vuelo de las manos, sino con
el movimiento lento y pausado, y con el recogimiento de los
ojos elevando el movimiento de las manos, y siguiendo el
movimiento del silencio y de la pausa del dedo, dejándose
dirigir el aliento, las manos mueven los hombros y las caderas, dirigen la medida y el diapasón, hacen que yerga la
cabeza, que su frente se arrugue, pero sin perder el estado
anímico que siente por todos los recovecos de su cuerpo, las
patas tocan el suelo al golpe que siente la cabeza y los ojos
sienten el temblor, abre la boca pronunciando ciertas palabras mudas, y luego baja el tono, lo hunde en una efervescencia equilibrada que baja la voz hasta encontrarse hundida en
el esófago, y luego se mueve redonda por la comisura de los
labios formando una **O** redonda, y luego una **E** semiabierta y
vibrante, para ponerle un punto a la **i** agresiva y dividida, que
antecede e interpone otra nota figurativa y graciosa que se ríe
como una cabra, y es una **E** que se antepone a una **A** abierta
y blanca. Distante y soberbia, la **a** minúscula se sube en la
escalera de la **A** mayúscula y desde ahí busca con sus ojos a la
E y le dice lo que tiene que hacer con la **U** ubérrima, y la **O** se
siente demasiado ensimismada, es como una pelota cerrada,

siente que no puede unirse a la **E**, ni a la **i** porque ellas siempre están acompañadas, o se pueden unir a otras parejas ubérrimas, pero la **O** es el motor de la **O** , de la exclamación: **¡OH!**, **¡OH!** Cierra despacio la boca. Pero se abre de nuevo el bostezo–se abre el deseo que tiene de ver nublado el cielo–bostezo que cae del cielo–abre, abre la boca, no la cierres nunca, incluso un bostezo como una súplica puede transformarse en una réplica–réplica–de lo mismo–lo mismo–cuando abre la boca abierta la **O** boca abierta se convierte en una exclamación: **¡OH! ¡OH!** Y está torpemente balanceada por sus dos columpios, por sus dos caderas que la mueven y la agarran y la cierran en la claustrofobia de la naranja completa, o de la luna llena, o del sol en su máxima permanencia y esplendor, y hacia la **O** cerrada, hacia su obscuridad y su silencio se encaminan en peregrinación vacilante y zigzagueante los otros términos del abecedario de las vocales, musicalizando el afán de llegar a ser amadas o unidas a la **O**, imagínate la furia de la **U** cuando casi la toca, pero siente que le faltan pelos en su cabeza, que le falta un sombrero que la cubra ubérrima y que la proteja del sol que la quema. Y ya para entonces la **A** subida en el último escalón, se yergue frondosa de ramas, y cubierta de yerbas y de aromas que la hacen sentir tan importante en el poder de su música y de su escalera, y todas, cada una a su nivel, se sienten completamente potentes y vigorosas, completan su misión de engrandecerse en la producción de su nombre, en la complementación, en el desarrollo de todo su vigor, desde la punta del dedo grande del pie de la **O**, hasta la cabeza repleta de maleza de la **E**, están hechas de formas que han producido formas, han estrechado la mesura de sus formas, han ejercitado sus músculos, han escuchado la contracción de sus tripas, el sonido quisquilloso de sus costillas, las nucas y las astillas de los dedos, los pelos de las axilas, el contratambor, el contrasudor del olor, el azufre y el sopor, el humo blanco del aliento negro, el humo negro del aliento blanco, y la contracción intensa y soporosa, el cálido aliento de la boca abierta cuando se va cerrando y abriendo, y abriendo y cerrando en el movimiento lento y pausado, consciente del movimiento que hace cuando se cierra y se abre, control supremo de uno mismo sobre su propia muerte que observa cerrando los ojos, cayéndose en el silencio de la cerrazón de los ojos, oyendo el temblor de los párpados, y temblando con ellos en el esplendor del temblor, en la unión con el cuerpo del cuerpo que se muere y se abre, se contrae y se apaga y se divide y se cierra de todas partes y por todas partes lleno de permanencias.

II. Blow-Up

–Abrela tú.

–¿Por qué yo? Tú tienes las keys. Yo te las entregué a ti. Además, I left mine adentro.

–¿Por qué las dejaste adentro?

–Porque I knew you had yours.

–¿Por qué dependes de mí?

–Just open it, and make it fast. Y lo peor de todo es cuando te levantas por las mañanas y te vas de la casa y dejas la puerta abierta. Y todo el dinero ahí, desperdigado encima de una gaveta en la cocina, al lado de la entrada. Y ni te das cuenta que me pones en peligro. Yo duermo hasta las diez. Y entonces me levanto y me visto rápidamente y cuando voy a abrir la puerta me doy cuenta que está abierta. Es un descuido de tu parte. Dejar la puerta abierta. Alguien puede entrar y robarme y violarme. Y tú tan Pancho, Sancho, ni te importa.

–Claro que me importa. Eso sí fue un descuido.

–Sí, ¿y lo otro no lo es? Scratch the knob and I'll kill you.

–No, lo otro no lo es. Yo tengo mi forma de hacer las cosas.

–Ah, sí, pero cuando estás conmigo tienes que hacerlo my way. O quieres que llame a los vecinos para que vean lo torpe que tú eres. Imagínate, si hasta las mismas cerraduras se burlan de la forma que tú tienes de entrar. La próxima vez no voy a hacerte caso cuando me toques el timbre. Tú te crees que a mí me gusta cuando me tocas el timbre. No, no me gusta cuando me tocas el timbre. Si tienes keys, ¿por qué no la abres?

–Porque tú estás adentro. ¿Por qué si toco el timbre, no me abres la puerta?

–Porque me da rabia que estando yo adentro, y escuchando el roído de las keys roer la cerradura, y anhelando con toda la pasión que la abras, con toda la pasión, después de hacer ping-pong, un minuto, sin ninguna fuerza, me vengas a tocar el timbre, como si yo estuviera adentro esperándote todo el día, qué sabes tú si hay alguien por dentro. Y si estoy leyendo, why do I have to get up para hacerte el gran favor de abrirte la puerta. Do I look like a doorman. Besides, you have the keys and they fit, they sure do. You just have to learn how to handle them. It's no big deal. You're always making a fuss.

–Shut up.

–You shut up. Step aside.

–Gladly.

–Watch and learn to handle the locks, effortlessly. The rusty one for the bottom hole, a jiggle to the left, and this skinny one for the top slot. You do this just to annoy me. And you do. You certainly do. Nunca. Oíste. No estoy enamorada. Miento. Abúlicamente. No te quiero. Me entiendes. A veces te digo que te quiero, por la noche, la intimidad, digo, antes de acostarme, te veo tan puro roncar, y entonces, un perro manso, cómo lo pude haber tratado tan mal. Maybe it's then that I forget what I'm missing in life. But of course, it's like seeing a corpse, of course, all the good things appear, and I breathe heavy, and murmur deep into your ears: I love you. And you continue sleeping but dándome la espalda, acomodándote con mis patas por el medio, la tripa, que sube y que baja, y el dedo pulgar en la boca, te volviste bebé, chupándote el dedo, lulipup, qué manganzón, el zángano éste, tan grande y tan bribón. I shake my head no, no, no, no, but I love you, I guess I do, at least that's what I feel and think when I see you sleeping. Maybe it's a way of convincing myself that I do. Jabalí had something, a pushing something, a driving energy, even with all his short cuts and lies. But you, my buddy-buddy, busy-body, are indulgent with me. Sweet and complacent. Why do I always have to throw a hairy conniption to provoke a reaction. If I had another room, if I could close myself away from you, if I would not have to hear you snoring, lights out, dozing dog. I don't have the energy to sit at my desk and write two simple words. I crawl back in bed, breathing heavy on your cheeks. When I see you dead like that I realize how much we have in common. Where is my aspiration? To feel inspired one must aspire. What do I aspire to be: to be inspired, or at least to have a freehold set of mind, free from mental blocks. A house too small, a bad excuse but one nonetheless. Nothing on the road so keep walking, bad and good times, anxiety raining on me–don't get upset by the downpour, drenching the brain, think clear–but I can't. The problem comes when I realize I have done nothing and I'm still in bed rocking–waiting for Godot or a change of climate. I get so angry at myself that I stand up and write my rage and feel good again and I change, and I change, and I change, but I never really change. Oh, I skim through the book and I say it's growing. So strong. So beautiful. I forgive myself momentarily as I do when I look at my big nose in the mirror. If I stare at it long enough sometimes I can fix it, or at least accept it, depending on my mood. I would like to see myself in the mirror always the same, or maybe like a stranger in the street at whom I smile and stare because I see in him something I see in myself. I always stare to make sure I'm not lost. Do you recognize me. You're staring at me and you smile, why? Do you like me? I'd like to ask you a question. Would you smile at me the same way if you knew who I am? Would you still smile so sweet? Y tú sabes lo que para mí significa levantarme azorada a media noche, y primero, hace un calor enervante que me sofoca, y luego que he apagado el heater, me voy al baño y veo ahí mismo, frente a frente a mis ojos, las puertas del closet no sólo abiertas, peor aún, de sus gavetas cuelgan unas sábanas, the incarnation of my nightmare, esos muertos despiertos, y no son los buenos. Intento cerrar la puerta, y se atora, y los ghosts guindando. Y te lo he pedido, por favor, hay que limpiar los closets, hieden los zapatos, y el olor a gato sudado que tienen los sweatshirts. Y voy a la cocina porque tengo la garganta reseca, coño, tú sabes, el calor, abro la nevera, y mi botella de agua, ¿dónde está el tapón de mi botella de agua? Tú no sabes que le entran germs, pierde el fizz, y no me gusta que el agua huela como tu chicken curry sandwich, ésta ya no sirve, ya nadie toma agua de esta botella. I forbid it. I'm throwing it out. Me acerco al maldito dishwasher, y ahí mismo, los trastos desbordándose del fregadero, millones de años sin lavarse, llenos de carrot peels y globs of brie pegados de sus rims. Y esto ya es demasiado para mí. Ya no aguanto más. Esas malditas keys abriendo y cerrando las cerraduras. Y durante los weekends, tu insolencia es inaudita. At least, durante la semana, soy dichosa, when I hear you leave at eight. *Libertad*–me digo a mí misma, con los ojos entrecerrados. Puedo leer en paz. Y si veo a Bloom mirando desde un risco a Gerty, y se toca su prepucio, y me dan ganas, no tengo más que cerrar la cortina que acabo de abrir, y dejarme ir. Qué rico. Una distracción de tu careta. Pero ahora, si yo no me levanto, tú no te levantas, pones el alarm para nada, just to piss me off, and snore some more, hasta las diez. Porque eso sí, yo tengo un alarm por dentro. Cuando me despierto, tú sabes que estás en peligro y me dices:

> –Breakfast? Orange juice? Croissant?
> –No–I say–today I want fruit and bacon.
> –Okay–you say–coming right up.

Y entonces, te vas, te tardas una hora para hacerme sentir culpable de que te dejé ir sin mí. Escucho las sirenas, horrible, pienso:

> –Cruzó la calle to bring home the bacon y
> lo espacharró una guagua. Qué hago ahora
> yo. Ya solo tengo enough in the checking to
> cover un mes de la renta, y luego lo tengo que
> vender todo, salirme de aquí. Qué hago.

Y lo peor de todo, en la oscuridad, porque a ti no se te ocurre encender las luces, sentada, meciéndome, pensando en tu muerte, y después llegas, no te lo voy a negar, se me alivia el corazón, pero entonces me dan ganas de matarte, cuando veo y escucho, no veo, escucho, la vacilación de las keys en la puerta, y la oscuridad, la maldita oscuridad. Pero el aroma del café me aguanta las ganas que tengo de insultarte. Bendito–me digo–after all, he risked his life for me. Breakfast–you say with a smile on your face. You open the white paper bag, and out of the rustling comes...

–What is this?
–Chocolate. Oh, it's too late for breakfast, Chipa, it's lunchtime. No bacon. No eggs. Have a chocolate bar. Quick energy. I brought you vitamins. Take a swig. They're good for your bones.
–Where is my orange juice?
–No orange juice. Vitamin C. It's the same thing.
–Not to me.
–No seeds. No pulp.
–I want my orange juice. Juicy red with its pepas.
–Seeds.
–And I want fresh squeezed. I don't want chocolate. It gives me grains.
–Pimples.

Why. Tell me, why do you insist on bringing me breakfast in bed when you can never satisfy me. I am sure that there are oranges and bacon and scrambled eggs out there. It's just that you're too eager to disappoint me. As if I couldn't walk to the corner on my own two legs and buy my own breakfast. It's a pleasure for me to wake up in the morning, alone, find $5 and my keys in the kitchen, dress up, brush my teeth, wash and dry my face with a towel, open the door as my stomach growls, ride the elevator, check the bills in the mailbox, relieved that I don't have to pay them, buy <u>The Post</u> at the nearest news-stand, head to the Greek, read the gossips with the pleasure of a toasted bran muffin with melted butter and a cup of coffee, relax, come home, and start working. Good old times, not so old after all. But here you are, again, interrupting my creative process. Y cuando me llevas a Toritos, después de estar todo el día sin comer para guardar la línea, lo primero que haces es abrir el menú, y soltarte una carraspera.

> *–¿Qué tienes? Mijo. Una tosecita. Toma un*
> *poco de agua.*

Sospecho algo de esa tos. Carraspera. Catarro. No. Atoramiento. Se te sube la sangre a la cabeza. Cada vez que Jabalí tosía era porque estaba entrampándome de alguna u otra forma. Ahí mismo. Cuando aparecía la tosecita, aparecía la mentira.

> *–Hoy tengo que salir–decía Jabalí–Ahem.*
> *Department meetings. Ahem. Tú comprenderás. Ahem. No puedes venir conmigo.*
> *Ahem. Son profesores.*

Asuntos amorosos. Metido en ese lío con esa chilla. Y yo sabía que me mentía. Y disfrutaba su mentira. Porque sabía que me mentía. Pero ahora, ahem, qué me trae esta nueva tosecita. Estamos en el booth, y te lo juro, me siento bien a tono con los Mariachis y las velas.

> *–¿Qué pido? Chipo.*
> *–Pide lo que quieras, Chipa.*
> *–No sé si pedir el bifsteak gaucho o el trío*
> *dinámico.*
> *–Pide lo que quieras, Chipa. ¿Cuál crees tú*
> *que debo comer?*

–*Pide lo que quieras, Chipo.*
–*Ahí viene la waitress.*
–*Pues que se espere. We haven't decided yet.*
–*I know what I want, el gaucho.*
–*Ahem, but it comes with garlic bread and fries. Ahem. You are on a diet. Let me see if I have enough to cover it. Sorry. Ahem. You'll have it next time. Or you'll have to select between the steak or the piña colada.*
–*Piña colada, then.*
–*But you understand, we'll have to share the piña colada.*
–*Hurry up, please, it's time.*
–*Just a moment, please. We haven't made up our minds. For the time being, please, ahem, bring the lady a piña colada.*
–*Just one?*
–*Yes, with two straws, and for me, ahem, a frosty glass of tap water with crushed ice, no cubes.*
–*You see, ahem, if you hadn't ordered the piña colada we could have had two dishes. Now, ahem, I'm running short. Plus the tip. I need a better job. Eating out every night. Did I send out my student loan payments last week?*
–*I told you to.*
–*Or was it this week? Wait, I made a deposit last week, which means no problem, it's due next week.*
–*Have you decided what you want?*
–*I'll have a steak.*

*–Ahem, no, we'll have fajitas instead. It's the
same beef, but we can share fajitas.*

–Yes, fajitas, thank you.

–How about another drink?

*–Just water, please, and the bill. How much
do I leave for a tip. 15% plus tax. Do you
know if I paid the credit cards. Kika, we must
stop eating out. You should learn how to cook.
It would be so much healthier and we would
save so much time and money.*

–Para que me invitas a comer y me dejas con hambre,
insatisfecha. No puedo escoger el plato que quiero del menú.
Esta es la impotencia, la insatisfacción. Tú insatisfacción, tú
duda. Mira lo que has hecho con mis cubiertos de plata. Yo
te lo dije, no los uses. ¿Por qué no usas la plata que robaste
de mi hermano? Esta plata es de mi abuela. Quiero tener
recuerdos. Y motivos para ser respetada. Si no tengo plata,
ya me respetan menos, y si no tengo hijos, menos y menos.
Siempre hay que tener algo que ofrecer, para que te cuiden, o
se acuerden de ti cuando estés vieja. Son delicados, hay que
cuidarlos.

–I wanted to surprise you but you didn't even notice.

–You promised me you wouldn't use them again except
for special occasions.

–A champagne dinner for two to celebrate the publica-
tion of the book by Yale. You didn't even notice the silver
then, when you were supposed to, you went ahead and called
Mona, and just talked and devoured without tasting the meat.
Did you even notice that I left the table?

–I'm sorry. Listen, I'm sorry. Don't make me feel guilty.

–Did you notice how tender the fillet was?

–I'm sorry. But today I wake up, and breakfast is served on the table, you are not there, and I look at the bagel with cheese, and I see my silver fork tarnished. What? My silver used for bagels? You don't respect my wishes. You do whatever you please. Whatever you damn well please.

–You said you weren't hungry, then you wanted more.

–Cheese.

–Why didn't you tell me. I could have cooked you rice and beans.

–Okay.

–Rice and beans?

–It was not rice. It was soup and beans.

–That's what you get.

–I told you you should do it better next time. But I didn't tell you to dump it out. I was hungry, and in a minute the rice and beans disappeared.

> –*I wanted it.*
> –*You had it.*
> –*I'm hungry.*
> –*Tough luck.*

–Why do you tantalize me, and leave me panging? Then for a little smack in the head, you fall down and play dead at my feet.

–It was supposed to be a coma.

–I don't want to talk to you.

–My lungs were pumping and my heart was beating.

–I took you for dead. Not one second, not two, not three. Agony was climbing inside my head. *Como una misma anor-*

mal–volveré a tener control sobre mí misma. Podré recuperar mi reposo. No, no estaba fuera de mí. No estaba dentro de mí. Me había ido de mí misma. Then you bellied up with a grin on your fat face. And I got so angry, I ran out, cold as it was, without any coat. I told you:

>*–Ahora si que se acabó. Now I really got your number. Don't think I didn't get it this time.*

Me estaba tratando de recomponer o de ordenar. No quería perderme pero tampoco quería volver a verte jamás.

>*–Te puedes quedar con todo lo que importa es mi dignidad.*

I can always start over, another day, another book. I didn't want to come back. I had no keys, no money, no place to go. I could have stayed in the Plaza. I could have, should have, but would have lost my mind if I didn't force myself to ring the bell, with my chin high, march inside and shut myself in my room. I didn't want to talk to you ever again. But here I am. Ding. Dong.

–Perdóname.

–No more pardons. I'm sick and tired of you and I don't want to hear your voice again.

–Okay. I won't talk.

–But you continue.

–And you.

–Did you ever send out the manuscript?

–No, but I wrote the query letters to the editors.

–You see how erratic you are.

–I have my pace.

–You promised by Tuesday. It's Thursday, what happened?

–What time have I had? Work absorbs my days, then your friends, my nights.

–Had you an iota of responsibility, you'd set priorities, which include, according to your promises, sending out the manuscript. You had todo el weekend, but no, you were exhausted. I understood, and I let you sleep. If my friends invite me to dinner you don't have to tag along if you have a deadline. But deadlines strike no fear of death. You skip over them with a nonchalant shrug that staggers me. I need to party. Why should I deprive myself. But when I ask you:

> –*Did you correct my new fragment?*
> –*What time have I had?*

–I told you I would, but first I had to consult Jonathan Brent.

–What did he say?

–Get Susan Sontag to blurb it and send it to a small press, then send the next work to an agent who can promote you with big publishers.

–Sounds suspicious. Why can't it go big now. I think he is setting you up.

–For what.

–To set us back.

–He said you're ahead of your time so there's no rush.

–Nice excuse, dilettante.

–I just won a major award people win when they're Amaral's age. Eighty years old. I'm twenty-five. I'm decades ahead.

–I'd never say that. You'll never create my character without beholding my humility.

–Ten years wasted on an apprentice. You still don't have your priorities settled.

–Priorities? If you didn't ask Miguel Osuna to make you another coat we'd have resources to network.

–I have to dress up my characters.

–Now the script writing course is out of the question.

–One of us can still take it.

–I'll take it and teach you how to make a script.

–Just like you prepared my manuscript. You just forget. Another day turned night. Limboland. Limboland. Where is your gold card? Did you ever find it? I bet you left it in a cash machine. It's stolen. Cancel the card. What are you waiting for? No wonder the manuscripts are not prepared. Waiting for the deadline. Waiting for me to die. You should already be translating this work. My book needs your English.

–The dialogues are fine the way they are. I think we should dedicate to the structure.

–When do we start?

–This weekend.

–I have a dinner.

–Again? It's the only time I have to work.

–You see, when Mishi had a party did I go? No. Did I want to go? Yes. Who didn't want to go? Who?

–You could have gone without me.

-To come home and find you drunk as a skunk with the CD blasting Queen, dancing naked, shrunken and depressed.

-You should have gone.

-Well, I didn't.

-That's your choice. I'd love to be with my friends too, but I have responsibilities.

-Where are the hands?

-What hands?

-The glass ones you stole from Brascho's flat. Estaban dentro del huevo de mármol with my ballpoints. ¿Dónde están ahora? Búscalas.

-¿No están allí?

-¿Dónde están?

-You're sure they're not there?

-You gave them away.

-I swear on your beloved brother's grave.

-Don't use my brother. Why don't you swear, com'on, swear by your sick father. Did you give them away? To whom? They were with my pen refills that have also been stolen.

-We could be working. That's why this book doesn't progress. I have to be looking for unlucky charms. I'm glad they're lost.

-Somebody broke into the apartment.

-Who'd steal the hands and leave the jewels?

-That's what I want to know. You look suspicious.

-I swear on my father's lungs.

-Get that cross out of my face. You stole that from my brother too, didn't you?

–That's why we're stuck. Petty, petty, petty. I swear, I can see myself in the same spot I'm in right now five years from now.

–Mona's curse: *You'll be doing nothing in five years.*

–That's my greatest fear.

–And mine. What is mine. I'll tell you myself. To be here. In this very room watching you looking for those hands five years from now. *I know they're here somewhere*–that's what you'll be saying, revolting all my gavetas with your hot hands saying–*You see, I'm a researcher, still searching.*

–Me sacaste de quicio. Instead of letting me finish Don Quijote. Sancho could be inspiring me to inspire you, but no, I have to look for worthless trinkets. What do you want them for anyway? Don't you have anything else to do?

–Si no te callas, ya verás.

–You're probably sitting on them.

–¿Las manos?

–The ballpoints. Get off the bed. I have to check the matress. Ouch!

–I'm stuck. After five years in the same scene I wrote five years ago. Didn't I bite your ass to calm you down? It worked like a shot.

–Mona's curse. My greatest nightmare after five years. Tú te crees que hay derecho que cuando estoy concentrándome en el esquema, precisamente en ese preciso momento en que surge la imagen, aquí estás tú abriendo las gavetas del mismo escritorio en que trabajo, y no sólo claquiteando las gavetas sino preguntándome: *¿dónde están las tijeras?*

–Yeah, where are the scissors? I have to cut the add out of the paper. And I need the glue for the envelope. Look, I saved the film schedule for you. What time are you planning to go?

–¿A qué viene esa pregunta?

–I need to know when you're going so I can use the phone. I've got agencies to call.

–¿Para qué?

–¿Para qué tú crees?

–¿Para trabajar? Tú no comes ni dejas comer. O tú quieres comer pero no quieres que los otros coman.

–¿A qué hora puedo hacer las llamadas?

–A ninguna hora en que yo tenga que concentrarme. Me quitas la intensidad, la densidad.

–Y por qué no te vas a ver <u>Cries and Whispers</u>, <u>Autumn Sonata</u>–a double feature for $6.

–¿Tú no crees que ya he perdido suficiente tiempo?

–Nunca se pierde el tiempo. Necesitas un outlet: cries, whispers. Necesitas estallidos, bombas, fuegos artificiales, popcorn, música, diálogos. Necesitas algo del gangsterismo. A fatal attraction. A crime of passion. Y esto debe ser en el mismo instante en que yo entro al baño. El suspenso creado por la música lenta, enigmática, cerebral–Hitchcock, Welles–y de repente la ruptura. Un cuchillo de doble filo enterrado en tu estómago, abriéndote una zanja. A bloodcurdling scream. Una ola de sangre se levanta de la bañera y lava tu cuerpo y tu frente, estrago, rompe la concreción, se mete por la intriga y por la duda, zigzagueando like a serpent over the white tile floor. My expression remains calm, steady. One thing is what is happening to you and another is the indifference of my face–who cares if I kill you–I do it like a duty. No mercy, no compassion. Blood Simple.

–Now you want to kill me off. Esto es lo que me jode de ti, siempre cambiando el plot.

–Well, one of us has to go.

–Not me. Why not you. You're the one who is fucking my head.

–Blowing your mind.

–No, my murderer, you're killing me.

–¿Qué le dijo el mármol al escultor?

–Qué sé yo.

> –¡Estás destrozándome!
>
> –Pero si lo que yo estoy haciendo es una obra maestra.
>
> –¡Mis cimientos están temblando! ¡Se me caen los cantos! ¡Ayúdame!
>
> –Pero estoy sacándote el alma, dándote un cuerpo, encontrando tu forma, por eso te rompo por aquí, por allá.
>
> –¿Y si te equivocas y me cortas un dedo?
>
> –Chance as collaborator.

–Gracias a Dios que el mármol no piensa. Dejar que a uno lo rajen, y sin protestar, y sin saber a dónde va a parar el experimento. Y si en vez de transformarse en una escultura, se convierte en una pila de polvo.

–Va a salir una obra maestra. No seas tan negativa.

–¿Me lo juras?

–Te lo juro. That's what Leni Riefenstahl thought when Fraus chopped her first film into one hundred pieces. She threw a catfit because he ruined it. But when she calmed down, she analyzed his editing. Leni had five doors, one door closing after another until they were all closed. It lacked simultaneity and surprise. What Fraus did was this. The first door starts closing to a certain point, then the next door takes over the action, closing a lil' more, and the third takes over where the second left off, and the fourth where the third left off, and the fifth completes the action, the shot and the scene. Five doors become one big slam, continuity without repetition. Even though Fraus had the wrong pace, he had the right idea. He knew just what she needed to do. Look at this scheme:

> *Woman beats dog*
> *Dog nips woman*
> *Woman plays dead*
> *Dog barks help*
> *Neighbor kills dog*

–You mean Pinola.

–I don't mean, no, I don't mean. Whomever. Many neighbors, many masters. Who cares if it's Costi with a rifle or Pinola with a pistol. The neighbors see the woman dead and kill the dog.

–What does she do next?

–Jumps up and down shrieking: *Murderer! You killed my poor little dog!* Who's the ultimate victim?

–The neighbor.

–The dog, the dog–died a martyr to save his mistress even though she beat him.

–The woman, now she misses her dog even though he bit her. And when the neighbors see her, she is bleeding on the floor. And what do you see?

–I see, I see, a beaten woman–lost and found, yelling–because her dog is dead. She is beaten by the dog and the neighbor. Who do you think should play her role.

–Me, of course, she is me. You, of course, the beaten dog.

–I haven't even started to nip at you.

–Can you imagine when the neighbors come.

> –Were you the ones arguing last night?
> –No, why?
> –It must have been the other neighbors. With these cardboard walls, I can't tell if the hullabaloo comes from your flat or the west side. He is very violent, isn't he?
> –Who?
> –Who else?
> –Well.
> –It must be trying on your nerves.

–I can't wait to see you hit the floor. Make it real. Drop. Drop. Dead.

–And then you, poor fool, believing, barking: **Auuuu! Auuuu!**

–Who is it?

–Pinola's at the door.

–Watch out. It might be Costi with a rifle. Shut up and you won't get shot. This is a wonderful plot. I love it.

–And then you'll scream:

> –You killed my poor little dog!

–And what if I kill him out of revenge.

–Then you're not a victim. You'll go to jail.

–I'll bring charges against him for breaking and entering, let alone the use of a deadly weapon on a helpless pet.

–Lo hizo por defenderte.

–Me defendió matando lo único que quiero.

–You love me.

–Yes, I do. But kill him before he starts barking again at me: **Auuuu! Auuuu!** So much time wasted on your tongue. You think I hear what that mouth is sputtering. Not a voice, not a sound. Static. The lips flapping with spit bubbles popping on the tip of the tongue, repeating:

> –*Pipa, you are doing fine. I'm convinced, this*
> *is the road.*

King of the road, you say you'll rent a mobile home to cross the desert. Why the hell don't you do it. Leave me alone. Your tongue's vibration in your mouth, in my ears. A month goes by. A lot of kikiriquis, a lot of movies but no move-outs. Nope: movies, kikirikis, muñequitos.

> –*Don't worry*–you say, *the time will come.*
> *You're too excited, too impatient.*

You talk so much. You talk so, so much:

> –*Did you read about Pee Wee Herman in* <u>The</u>
> <u>Post</u>? *Arrested during a porn flick with his*
> *pants down. Had his pee wee in his hands.*
> *Nabokov was probably the same. They say*
> *Joyce raped his daughter, that's why she was*
> *schizophrenic. Ah, Pee Wee, who would pick*
> *a name like that anyway, like pee-pee, I want*
> *to pee, and to think his show was canceled just*

because his little pee wee went weee-weee in
his pants.

Van Gogh would have cut off both ears if he lived with you. I
hate it when you flap it and flap it so much so fast that I can't
understand what you are saying. But don't think that I don't
notice what you're up to. Oh yeah, pleased, delighted, so
much enlightenment when you find one fragment, one lonely
ranger without a horse, and then you patronize me swearing–
you're doing fine–and I'm on my death bed telling you I know
I'm dying, but you insist–*you're looking better than ever*! Says
who? You? I wouldn't believe you if your tongue were nota-
rized. Estos gritos que tú das retumban en mis oídos.

–A mí me zumban tus susurros.

–Es como un callejón sin salida, el grito, deja mucho que
desear. Pero si al menos tuviera ciertà paz, si yo te pudiera
decir: *no me grites.* Y tú escucharas que te estoy suplicando,
implorando, que no me grites. Y por qué no me dices, claro:
este libro no sirve.

–No sigas con la cantaleta. Porque voy a gritar de verdad.

–Antes de que tú llegaras aquí, nadie, escúchame, nadie,
se había atrevido a manipularme de esta forma.

–Qué manipulación, ni ocho cuartos.

–Mañana mismo te vas de aquí.

–Jodona. Always picking a fight.

–Avergonzándome in front of the neighbors.

–Susurrando en mis oídos. Sacándome en cara.

–Por tu culpa, Moby Dick era la reina del mar hasta que
tú llegaste, Ahab.

–Voy a tirarme.

–¡Hazlo, coño! ¡Tírate! Estos malos ratos no me dejan concentrarme. Y luego me deprimo. Bajo la cabeza. Quiero leer, y no puedo. Quiero pensar. Y sabes lo que tengo por dentro, el grito estallándome. Scandalizing the neighbors, interrumpiendo su sueño, fastidiando a la gente abajo, tirando keys, tijeras, dishes al suelo. I wouldn't be surprised if they complained to management. O la vergüenza de recibir una nota por debajo de la puerta. Y qué te crees tú, que estás en la finca. Tú no sacas de mí más que lo peor. Por qué no me respetas.

–Te respeto a ti como tú me respetas a mí.

–No, no me respetas. Si me respetaras cuando te pido que te calles, te callarías. And how many times have I told you–no me gusta verte desnudo. Get dress, te digo, or get out.

–Kika, Kika, perdóname, tú te crees que fue a propósito. ¿Cómo te sientes?

–¿Cómo tú crees que me siento?

–Kika, perdóname, fue sin querer.

–Llámate al médico. No te perdono.

–No me perdones. Pero fue sin querer.

–La única vez que cierras la puerta. Premeditadamente. Mi sandalia estaba metida por debajo. Tú tuviste que haber sentido el golpe de la puerta contra mi sandalia, contra mi uña.

–¡Qué negra está! Kika, perdóname, fue sin querer.

–¡Que te perdone tu madre! Tú lo sabías. Mira cómo te ríes. Descarado. ¿Por qué lo hiciste? Engangrenados. Y si ahora me amputan el dedo gordo. Mira cómo se le sale el pus por los costados. Búscate el yodo. Y apúrate.

–Ay, qué risa me da. Te lo juro, I didn't even notice. Abrí la puerta, y me caíste encima. Me mordiste. Tenías la quijada desencajada. Y luego me jalaste las greñas. Yo grité–¡*Ouch! me duele.*

–Te duele, cabrón. Jamás, escúchame, jamás me podré vengar. Cabrón. ¡Ouch! ¡Ouch!

–Entonces te quitaste la chancleta, and your big toe salió tan amoratado, una cucaracha. Un grimace arrugado. Como un raisin. Y un silencio. Horror. Un horror silencioso.

–Un grito silencioso. A lo mejor me lo desgarro con todo y uña. A lo mejor me lo desenclavo, me refiero al clavo enterrado, a tu clavo.

–Y entonces te tiraste contra la cama. Revolcándote de arriba abajo como un rollo, o un bollo redondo de pan, enrollándose.

–Enrollándome, ni ocho cuartos. Acomodándome al placer del dolor. Quería saber si tirándome para arriba en los mushy cushions podía dejar de sentir la aguja enterrada. Ella se iba ensanchando, haciéndose más gruesa, aunque también más sutil y más fina.

–Llena de ingenios, de agudos recuerdos, de sonoras trompetas...

–Ríete.

–No es de ti. Es del nerviosismo que siento. Me recuerda cuando era niño. En el patio de mi casa, yo tenía un hamster blanco con ojos rojos. Un día se escapó de la jaula y sin querer, le enterré la suela de mi zapato. Si hubieras visto how the blood trickled from his red eyes, sí, por los mismos ojos se desangró mi querido Monte Cristo.

–Y yo me estoy desangrando todavía. A ver si con la sangre derramada se va toda la mala leche que tengo acumulada contra ti. ¿Qué hago contigo?

–That's what you get for wishing me dead.

–Perdóname, yo no te deseé la muerte. Si mal no recuerdo, tú me dijiste:

> –¡Caiga la mala suerte del mundo!

No, perdón, no fue así. Fue más fuerte, me dijiste algo peor:

> –¡Caiga toda la mala suerte del mundo contra
> ti y contra todos los de tu especie!
> –Sí, que caiga toda la mala suerte del mundo
> contra mí–yo grité–sí, que caiga algo contra
> mí. Que yo pueda sentir algo que me saque
> de la maldición de vivir contigo.

En esos segundos a ti te salió una sonrisa maliciosa en tus labios.

> –¿De qué te ríes? Drácula poseído por una
> víbora. Hey, ¿qué hace esa Sakura tirada in
> the middle of my room? No la quiero ver más
> en mi casa. How many times have I told you?
> –I'm not gonna throw it out. My brother gave
> it to me. Why should I throw it out.
> –Te estás buscando lo que no se te ha perdido.
> Se va ella o te vas tú.
> –I'm not gonna throw it out.

*–You want me to throw it out. You really want
me to throw it out. Fine. I'll throw it out.*

–En esos segundos, se abrió la puerta, voló la Sakura por
el pasillo para abajo. I tried to close it, pero no pude, so I
slammed it even harder.

–Con más fuerza espacharraste my big toe. My poor toe-
nail. You knew it was there. You must have felt something
weird under the door. You knew something was underneath.

–Don't point at me.

–Yes, I point at you

–Don't point at me, I said

–I point at you

–Take away that finger

–Why, it's just a finger

–I said, take away that finger. Don't point at me.

–I said, I am pointing at you. You are the one who is
pointing at me. You are the one who is pointing at me. You
are pissing me off. You are really pissing me off.

–Don't repeat yourself. I heard you. Don't repeat yourself. I said what I said. Do not point that finger at me. Take
that finger away.

–You are repeating yourself too many times. Stop screaming at me. And stop pointing at me. I heard you. Now, listen
to me. Do not talk when I am speaking. Listen to me.

–Don't point at me. I'm listening. But take that finger
away. You did the same thing to Monique Wittig:

*–You like Fellini?–you said.
–I like two of his films:* <u>Satyricon</u> *and* <u>Juliette
of the Spirits</u>, *she said.*

45

*–You don't like Fellini?–*you said.

–I said what I said– she said–*I like two of his films.*

*–So–*you said–*you hate Fellini.*

–Idiot, exactly, that is exactly what I said to her. No me gustan los compromisos. Either you like him or you don't. Not two. Listen to me. Everything or nothing.

–Don't point at me.

–That's a compromise. Either you like him or you don't. What do you mean? You like me when I make good films. And when do I make good films? When you like me? I don't believe in that. It's not real.

–Listen to me. Unreliable. You're so unreliable. You tell me you like Almodóvar, and I trusted that you like Almodóvar. But then when you meet Jean Franco, you say you don't like Almodóvar. I said:

–But you told me you like Almodóvar.

–Because you told me you like Almodóvar. I wasn't going to disagree with you even-though I hate Almodóvar. Jean, you hate Almodóvar?

–I hate Almodóvar. He's a terrible filmmaker.

–You see, I hate Almodóvar. The only thing new in him is his cynicism. But he imitates American comedy–ad nauseum. After Buñuel, he's a retrograde.

–Did you like <u>The Piano</u>*?*

–No, that feminism was so decimononic.

–You see, I hated <u>The Piano</u>*. I went to closing night at the film festival, and I was planning*

to give a standing ovation. But I turned into
rock, and I couldn't get up from my seat. I'm
glad you didn't like it. It confirms my suspi-
cions. I was so angry when I left the film.
–You were also angry when you saw Sweetie.
–Because it was so dirty.
–It was an original.
–Jean, did you like Sweetie?
–I loved Sweetie.
–Me too, I loved Sweetie.

–¿Por qué llevarles la contraria? To make people uncomfortable? If I were to say whatever I think, I would not have one single friend. You are out of an argument. I won. End of discussion. I won. And you know it.

–Don't point at me.

–That's why you lost. I pointed at you. I won. I don't make compromises. I like Fellini. Either yes or no.

–How would you like it if I pointed in your face?

–You can, I don't mind, I won.

–It's bugging you.

–Sí.

–Y por qué no la acabas de matar. Si me dejaras a mí. I can't stand sus zumbidos. I wish I could fly invisible. I envy her liberty. She'll tease you, bite you, suck your blood and steal away. And you can't catch her. She's too fast for you. Now, she's on your yellow pages. Napping. Why don't you kill her now. Fast and precise. There's satisfaction in doing it right–a good swat on the first try. Gimme it. Where is she? Piece of cake. Oops. Don't move. If you weren't distracting me–in a flash back or flash forward–with my pupils glimming, I'd snap her killing moment instantly like a photographer, like that, click, and now, oops, again, damn, I can't stand it.

–You are not handling the situation very well. You have to seduce her first, and then wait until she feels at ease with you, when she is most quiet, when she trusts you, she has to trust you so much that she feels she can sleep, imagine, she feels she can close her eyes and let herself go in front of you. That's the moment you sneak off your shoe. No vacillation, no doubt, you must act straight forward. Now she's feeling relaxed, she's on the verge of falling asleep, her eyes are half asleep, and she's feeling saved, protected by you. You are keeping your eye on her as if you're playing tennis, she's the ball. Now watch the ball coming towards you, watch her crossing the net, watch her bouncing on the court, bouncing hard and jumping back and high into the air. Where is she? You're aroused by a sudden doubt. You think you have missed the shot, but you continue. Now, take it back, okay, move back, stretch your hand back, just over your shoulder, in slow motion, you must be aware of the slow motion, so she doesn't know that you are her enemy. She trusts you now, that's why she has just stretched out her legs. If you dare to miss this shot. It must be straight forward, no compassion. Kill her. You must give me this pleasure. I am the one who is going to clap for you. If you do it meekly, believe me, I am going to be very disappointed. You don't have three shots, you can't wound her, and then leave her suffering because you smeared one of her little legs across the white wall with your dirty tennis shoe. She'll recognize in her agonic state that you were not her friend, that, in fact, you were her enemy. What does she do then, nothing, she's trapped, no, please, don't you dare torture her, please don't, kill her with the first swat, the pleasure of being hit right there, on the dot, on the spot, with no sensation at all, no hard feelings, no recognition of anything.

–She's dead. She's dead.

–Is she really dead? She's still moving, idiot. After all this training, how can I trust you? Shit.

–Will you please shut up, Kika.

–I know, I know exactly what you are saying. I can't bear it myself. It accumulates in my soul so much anger, anger is not the word, so much anguish. I know what you mean, it's as if I myself want to scream:

–*Shut up, Kika!*

But then it happens, it always happens that way. It comes straight from my lungs, opens my breath, and gives me the strength to scream. I'm writing it while I'm screaming it. It's implicit in the tone, in the way it smells the page. It gives my tongue an orgasm. I swear, I feel as if I am getting hold of a pear, as if I am climbing a tree to get hold of an orange. And right there you are, losing your grip, holding out your arms, falling. I hold out my arms, I don't stop, I reach and stretch higher and higher, trembling, and with strength and sadness, I take you in my arms, trembling, I hold you tight as if you were a baby, I let you cry a little bit in my arms:

–*Don't cry*–I say–*Please don't cry. It's over. I saved you. You're holding tight to my arms. It's over. Don't cry.*

49

And then it's over, it's all over. It passes away. And I feel like I had it, I feel good. Really good. I don't care if you got it. Who cares if you understand it. I got it, Pipo! I got it, Pipo! I got it, Pipo!

–Vamos. Concéntrate. Vamos. Concéntrate.

–Puto. Qué quieres. Qué quieres. Puto. Cegarme.

–Ahora da una vuelta.

–Ahora. Marearme.

–Haz lo que te digo.

–Yo te dije que me hicieras concentrarme. No que me marearas.

–Tú no ves que te estoy inspirando. Ahora sube el escalón de la cama. Es un pequeño escalón. Con cuidado. Así. Qué bella.

–Yo te dije que me hipnotizaras. Eso es lo que hacía Jabalí: me ponía las manos en la frente. Y me apretaba fuertemente las sienes.

–Ahora un redondel como si fueras Dulcinea. Qué bella.

–No, me voy a caer. Me voy a romper la pierna.

–Un redondel. Un brinquito. Detrás del redondel, un paso de merengue and back again. Now upsy-wupsy for a piggyback ride.

–Ahora, cómo voy a escribir. Estoy mareada.

–Ahora, otro galopito más.

–Shut up. I'm the one giving the orders now. Llévame hasta mi escritorio. Siéntate en mi silla. Así.

–That's not your chair.

–Sit.

–It's over there.

–Pues llévame y siéntate y no te muevas.

–Get ready.

–Cállate y no te rías.

–Atrévete a decir que no te inspiro. I bet no writer has done it yet. Not even Henry Miller, who bragged about his whoring the whores with pen in hand, with both instruments moving along. Who could be simultaneously writing and fucking. It was a lie. He wrote alone seated with his legs crossed under a typewriter. This is unique. I inspired you, not with dope, just with a sweatband over your eyes. I set you up, hypnotized you, and then, to prove that I'm totally potent, I became the chair of the woman writer. Virginia Woolf would have a fit–a chair of one's own. Didn't I tell you that I had an artist inside me. And a thinker, Paco Pepe told me so.

–I had a dream that I was pregnant.

–Don't worry, it means new ideas are coming. Do you realize what we are doing. Never in the history of literature. James Joyce didn't write <u>Ulysses</u> seated in Molly's lap.

–Nora's.

–Hurry up. My leg is falling asleep. I'm not made of wood. I'll call my autobiography: <u>My Life as a Chair</u>.

–I always knew that what you want is to write your biography: your life, your chair. How can I write with my chair bumping and grinding. And the worst. ¡Ay! The dog is coming out of my mouth. Me ahogo. Ábreme la quijada. ¡Ay! save me.

–¿Qué pasa? ¿Quieres agua? Déjame darte unas palmadas por el pescuezo.

–Ay, me ahogo. The dog is coming out of my mouth. Save me.

–¿Qué estás diciendo?

–Se me atraganta en la garganta la flema de la ilusión. Galopa y galopa como un caballo que se convierte en un puppyzuelo que salió por mi boca y yo estaba tan y tan contenta de haber parido un puppy por la boca.

–A qué te refieres, loca.

–Bruto, no te acuerdas que te dije that I had a dream I was pregnant.

–Good news. It means new ideas are dawning.

–But, I had a little black Dulcinea who came out of my mouth, wet and curly y que se deslizó por mi lengua.

–Que por cierto es muy grande.

–Movía su colita como hélice chocando con mi paladar y mis encías. Me hacía tanta y tanta cosquilla en la boca. Almost a feast. I clapped and clapped when I saw her leap from my lips and start giving me kisses of affection, *my mother*, she thought I was her mother, kisses of affection on my neck, my cheeks, my eyes. Mostrando sus colmillos, aullando, moviendo su colita, trepando su patita por mi nariz, rasguñándome, arañándome. Yo, madre, al fin, de un scottish terrier. Te imaginas lo que eso significa.

–Of course, it means I'm a father. You're giving birth through your mouth, through your tongue to another fragment. Tell me, did it scream or did it bark?

–What do you mean?

–Well, you're a barking bitch biting my tongue and my tail.

–It's obvious you're missing the shot again. I went to the Met, and saw a *Lion Chasing a Dog* and *Children Playing with Fire*. Then I saw Siqueiro's *Echo of a Scream*. Siqueiro's boy gives birth to a scream that has a body. You don't hear the scream through your ears. You hear it because another boy comes out of his throat. Voices of silence. Anyway, I gave birth thinking of these paintings, and I was not in agony thinking of you. What a relief to find a healthy pup, wagging her tail. She immediately started poking for my tits. *Look for your mother someplace else.* I was astounded. I woke up with my eyebrows suspended in surprise, and I repeated to myself in disbelief:

> *I had a puppy, can you believe it,*
> *I gave birth to Dulcinea,*
> *so small, so, so, beautiful, all moving,*
> *all turning, and stretching, all tender,*
> *I had a dog, can you believe it.*
> *I gave birth to a puppy.*

And I was happy, happy, happy that I woke up from my dream, thinking with great relief:

> *–Thank God it was a puppy. What the hell*
> *would I have done with a baby? At least I*
> *know what to do with a dog, but with a baby.*
> *And weird enough it was through the mouth.*

Pon el lavabo a correr ahora mismo. Escúchala caer. ¿No te dan ganas?

–No, todavía no.

–Pipicito, agua, chu, chu, pssss pipicito, levántate. Psssss. Agua. Ahora ábretelo. Y espérate un momento. Déjame quitármelos. A la vez. Entiendes, a la vez. Yo voy a estar con las piernas abiertas cruzando como si fuera un puente la taza. Tú enfrente de mí. En el momento que salga, tú pones a correr tu manguera. Ahora bien, el truco consiste en que tienes que regar de agua mi orina. Si no la tocas, pierdes, pierdes. Both waters must come to an end, I mean, to an understanding. They must run together, rest a while, establish a conversation and run along again. This way, and only this way, I'll know if you can keep up with me. Ready?

–Easy, too easy.

–Come, come along the river of my desires.

–I drank a whole bottle of Perrier for this?

–Don't splash me. Come on. A lil' piss here. A lil' piss there. I piss here. I piss there. Here a little. There a little. Alzo la pata, dejo mi huella y mi olor. Cuando vuelvo a pasar por el mismo lugar—sé que pasé por ahí antes—me dejo guiar por el olor de mi pisseo. Me encanta pissear el mundo—sobre la grama, sobre las paredes, como una manguera, alzo la pata, y me alivio, se me alivia el alma—ya no estoy en tensión, tratando de comportarme—porque no puedo hacerlo dentro de la casa, en un papel de periódico—no me gusta pissear en las noticias. Me gusta pissear en la tierra, en las raíces de un árbol, parar de repente y decir: aquí. Aquí pisseo yo. Aquí mismito. Sobre ese arbolito. Donde está sembrado ese tomatito. En la estiércol de un árbol. Bajo la sombra de un ciprés. Cuando está lloviendo. Cuando nadie quiere que yo me mee encima. En los autobuses. Sobre la grama. En el lugar menos común. Donde yo me sienta bien. Cuando ya no aguanto más. Cuando no quiero. Lo hago. Cuando no tengo ganas. Cuando me estoy riendo. Cuando se sale el sol. Cuando no lo quiero hacer. Cuando no se lo que tengo que hacer. Cuando estoy solo. Cuando me siento mal. Cuando está lloviendo. Y se seca. Cuando no puedo más. Cuando quiero.

–Así.

–Así. Ay, qué risa, qué cosquilla. Suavecito. Y está tibia.
Y es bien densa. La próxima vez será en un vaso. Los dos a
la vez. Tú en tu vaso. Y yo en el mío. Los metemos a los dos
vasos en la bañera, vacía. Y nos metemos desnudos dentro
de ella. Allí mismo. Ponemos el agua del grifo a correr pero
sin tapón para que la bañera continúe vacía. Y comenzamos
la competencia. El que mee dentro del vaso por más largo
tiempo gana la competencia. Y se acabó.

–Y cuál es la recompensa.

–Si yo gano tengo el derecho yo.

–A qué.

–A mearme sobre ti. Y si tú ganas. Me lo haces a mí.

–Yo no quiero ganar.

–Ni yo tampoco.

–Sería mejor if you stand up in the air with your feet
on each side of the bathtub ledge, y yo me quedo detrás
de ti. En el momento que comience a correr la tuya, yo te
abrazo, y entonces you and I piss into the same glass. Unidos.
Íntimamente, entrelazados.

–Esto es peor que parir un perro. Tanto trabajo que
cuesta mear. No es justo. No es justo. Es bien injusto.

–¿Qué pasa?

–Por qué te metes en mi vaso. Yo quería competir. No,
inmediatamente lo conviertes en abrazo. Zape, vete, vete de
aquí. Lo que quieres es otra cosa. No quiero amor. Lárgate.
Por dónde puedo respirar. Enseguida se une a la tuya. Ni
siquiera puedo escribir porque debajo estás tú. Y todo es un
juego. ¿Dónde está la seriedad? Jabalí, Jabalí, ven acá. I don't
like your games. It has to be music. It has to be my way.
Vamos a jugar ahora el juego del disco rayado. Yo digo:

–I did it my-my-my-my.

Y después tú dices:

–Ay, tengo el disco rayado.

Y cojes la aguja del disco rayado, y la mueves con tus dedos índice y pulgar. Al moverla, yo levanto la cabeza, siguiendo el movimiento de derecha a izquierda que hacen tus dedos. Sacando mis dimples y achinando mis ojos, como si estuvieras saludando al público, me echo una lagrimita, bien tierna, bien dulce, para que sepan que soy sensible, sensitiva, qué linda, la niña bonita, y al tú bajar la aguja, yo bajas la cabeza, encorvando mi pescuezo, para que sepan que pido un aplauso que estalle en mis orejas. Apruebo con mis ojos y con mi cabeza afirmo la aclamación, y entonces acabo:

*–waaaaay, I mean, way. Yes, thank you, I
did it
my-my-my-my*

De nuevo mueves la aguja, muevo tu cabeza, guiño el ojo y repito con mis brazos abiertos acogiendo el aplauso:

*way–way–way
way–cha, cha, cha,
way–ja, ja, ja,
waaaaay
my way*

–Ay, Kiko, vas a creerlo.

–Qué.

–Ya lo estoy viendo.

–Qué.

–Mi funeral.

–Cómo es. Dime. Cómo es.

–Tú con tu corbata negra and your wrinkled corduroy suit, cargando mi féretro con Paco Pepe despidiendo el duelo. Y los niños cantores de San Juan cantando:

> Ya se murió el burro que acarreaba la vinagre,
> ya lo llevo Dios de esta vida miserable.
> Que tururururú. Que tururururú.
> Que tururururú. Que tururururú.

Ay, Chipo, no puedo. Se me hace un nudo en la garganta de verlo. Es bello. Bello.

–Qué.

–El entierro. Tú te estás sonriendo y pensando:

> –Al fin muerta, ahora puedo descansar.
> Viene, vaya, al fin, después de la tormenta, la
> paz.

Pero no obstante, lloras. Sí, tú también estás llorando.

–Yo me tengo que preparar, no crees tú.

–Siempre debes estar listo. Pero no te creas que me voy a ir todavía. Me queda bastante más.

–Ay, yo creía.

–No todavía.

–Lo siento.

–Me decepcionas.

–Pero no te vas.

–Luego, por ahora no. Estoy disfrutando demasiado mis fantasías.

> –¿*Usted está enamorado?*
> –*Sí. Y usted.*
> –*Yo sí–pero mi amor es platónico.*
> –¿*Cómo?*
> –*La persona de quien yo estoy enamorada tiene a alguien.*
> –*Qué sabe usted.*
> –*De qué.*
> –*De esa relación.*
> –*Sé que están casados.*
> –*Y si yo le digo que esa relación está rota.*
> –*Debo creerle.*
> –*Sí, está rota. Contésteme. ¿De quién está usted enamorada?*
> –*No se lo puedo decir. Es platónico. Quiere cigarrillos. Se los compro. Cuáles quiere.*

–Ay, Chipi, pero se te olvidó contarme lo del tallo.

–Qué tallo

–Así. Así.

–Ah, tú dices, cuando le pasaba los dedos al tallo de la copa de vino, despacio y de arriba abajo, y más despacio todavía. En la bellonera comenzó a cantar Barbra Streisand *Memories*. Y a Jabalí se le fueron los ojos en blanco.

−Volverán las oscuras golondrinas, pero aquellas, no volverán.

*−Y por qué no vuelven−*dije yo−*Por qué no vuelven.*

−No se puede pasar dos veces por el mismo río. Nuevas aguas. Mis cigarrillos. ¿Dónde están?

−Voy ahora a comprárselos.

−True Blue. Pero a mí nadie me paga mis vicios. Me los pago yo. Tiene que dar el jaque mate.

−Por qué yo.

−Si se mete a jugar.

−Muy bien. Es usted.

−Soy yo. Usted es una seductora. Yo sé lo que usted está buscando.

Honestamente, no buscaba nada, pero esa picardía me puso caliente. Tenía que dar el jaque mate. Lo di y el lobo me comió en la oscuridad. Me pasó la lengua por encima de los dientes, probando si mis perlas eran verdaderas, yo sentí su lengua abordando cada uno de mis dientes, y luego metí la lengua por debajo de la suya, y en su locura me mordió la lengua, pero la lengua de él y la mía se acariciaban, y se tocaban las colas, bajando y subiendo, como olas levantadas y a la vez las lenguas, masticadas por el deseo, de tanto chuparse, biberones, tetas, bombones, se habían quedado como limones exprimidos. Pero al yo abrir los ojos, me pasé la lengua por los labios, desde un extremo a otro y volví a sentir la frugal y única saliva de Jabalí, su lengua viva, como un goldfish corriendo por debajo de una planta, tras una pecera, preñada de aguavivas y de espermatozoides, y lo bello era ver cómo nadaba, el goldfish, con su dorado anaranjado, y su gordura sexual, y su culipandeo estallido en mi boca. Ummm. Suspiré lánguido, habiendo perdido el aliento, me recompuse en el acto. Imagínate, una vez Jabalí me había dicho:

> –Cuando mis amigos lleguen, te vas, no te quiero aquí.

Y yo así lo iba a hacer. Pero qué pasa, cuando sus amigos llegaron Jabi me dijo:

> –No te vayas, vente a tomar un trago con nosotros.
> –No puedo. Lo siento. Será en otra ocasión– yo dije.

A mí se me salieron las lagrimitas. Y le dije a uno de ellos en secreto, sollozando, y con hipo, levantando la cabeza, lagrimeando, y bajándola de nuevo:

> –Me gustaría, hip, pero él no me permite, hip, venir con ustedes.
> –Si no viene ella no vamos. Y punto.

Y me cogió por el codo para levantarme la moral y parar el valle de lágrimas.

> –¿Por qué la quieres esconder?
> –Sí, qué de malo tiene tener una pollita bella. Relax, no eres el único.

−I don't socialize with students.
−Esas son las mejores. Son fáciles de seducir.
Listen, it's nothing to be ashamed of.
*−I'm not ashamed of anything. Sí, vente−*dijo
entonces Jabalí irguiéndose como un marajá
de la India, y sonriéndose, pinching my
other elbow to the rhythm of: *ya me lo pa-*
ga-rás.
−Tú me dijiste, hip, que no podía ir. Así es
que no voy, hip.

Y por supuesto, me sentía como Caperucita, ante el temor
de que el lobo me comiera. Yo salí corriendo. Me estoy ven-
gando. Es obvio que sus amigos no aprueban su conducta.
Y con lo petulante y engolado que era Jabalí, imagínate
lo humillado que estaba, pero más humillada estaba yo−
después de todo, esa gente eran sus amigos−y yo para ellos
era tan sólo una pollita cualquiera. Y lo que más yo odio
en la vida es que me cojan lástima. Me sentía muy mal,
requete mal.
    −You betrayed him. El tenía un secreto contigo. Eran
cómplices. De eso se trata el amor. Complicity.
    −I didn't betray him, my eyes betrayed me. It's like the
rain, tell me, who can stop the rain? Yo no puedo combatir
mi naturaleza. Y yo no nací para los closets oscuros. Ni para
las tinieblas. A veces, iba gente a su casa, y Jabalí me escondía
en su cuarto.

*−Y qué−*yo pensaba*−si abren la puerta. Se*
enteran que estoy escondida. Qué miedo, y
qué vergüenza.

–Qué pendeja que le siguieras el cuento. Si soy yo, me pongo a correr la máquina de correr bicicleta:

–Are they gone yet? Can I come out now?

–I don't treason the people I love.
–You told his friends he wouldn't let you go.
–After I had said–*no puedo ir*–after mis lágrimas me habían delatado. Y entonces, ya que estaba jodida, no podía dar marcha atrás. No se puede pasar dos veces por el mismo río. Estas eran nuevas aguas. Y saladas. Al cabo de diez minutos se presentó en un taxi, me vio bajando una bocacalle. Y desde la ventana me gritó:

–Hija de la gran puta, móntate aquí.

Llamarme a mí hija de la gran puta cuando el hijo de la gran chingada era él. Jabalí era ilegítimo. Ser ilegítimo es igual de legítimo que ser legítimo. Pero como yo sabía que éste era su talón de Aquiles, por ahí mismo le tiré el dardo.

–No me monto, bastardo. Si yo soy una hija
de la gran puta, tú eres un bastardo, un puro
bastardo. No le das importancia a las hormi-
gas que te pican por dentro. Soy yo, tesoro, tu
amor.

–Créeme, eres difícil.
–Yo no tengo la culpa. Son las voces.
–Eso dicen los locos. No fui yo la que hablé. Fueron los demonios que tenía en la cabeza.

–Fue esa razón para que Jabalí me dejara. No vio la diferencia entre la fantasía y la realidad.

–*Te odio.*

–*Si me odias me voy.*

El que odia es otra voz. Déjala ser dramática. Déjala odiar. Para llegar al tono del amor tiene que pasar por el tono del odio. Son estados naturales, pero siempre hay una puerta detrás de estos estados naturales, y alguien la está tocando. Soy yo. Coño. Tú sabes quién soy yo. No actúes ahora como si yo fuera un desconocido. Soy yo. Tú sabes quién soy yo. Y vengo a matarte. También, cierto, los asesinos, tienen su realidad. Pero no estoy justificando el acto, sino la fantasía. He cambiado. Pero soy la misma persona. Ábrela. Entiéndeme. Quiéreme. Ya es la hora de que todas las puertas de la incomprensión se abran, y escuchen el canto de las sirenas.

–That's a low blow. You shouldn't have gone there.

–No le llamé *bastardo* in the literal sense of the word– *ilegítimo, sin padre*–not in that sense, sino *bastardo* in this sense of *hija de la gran puta, bastardo que le dolió por el culo y por el nacimiento que le dio su madre, la gran chingada.*

–Well, that's okay.

–No quería que fuera ésta nuestra última despedida. Pero no lo fue. Todavía a veces se me presenta en un sueño recurrente un murciélago bajando desde lo alto del cielo, es angustioso verlo bajar, tan tenebroso y lento en su vuelo, lo hace para anunciarme su visita. Entonces entra Jabalí as a wild boar, dirty, con sus pezuñas revolcando el lodo, como si hubiera tenido que recorrer todo un desierto, y enfangado, llega a tu casa rebufando. Yo casi no entiendo sus rebudios.

–*Prff-prrff-prrff.* *Te vengo a buscar.* **Prff-prrff-prrff.**

Yo me monto en su lomo, y el bastardo comienza a relinchar, yo no soy buen jinete, y él sigue, rebufando, relinchando, corre conmigo por el pasillo para abajo, yo sigo agarrándome de sus crines, de sus estribos, de sus colmillos, y cruzando por Texas, New Mexico, Arizona, el muy puerco, puerco, me deja tirada en las dunas del desierto. Yo me levanto con aspavientos, y sin poder respirar.

–Well believe me, if Jabi comes back and tú te montas en su lomo, bueno que te pase por hacerle caso a sus rebudios. You can shrivel up in the Waste Land where he dumped you. Yes, I know your tactics. My house, ah, te quería llevar de mi casa. First, ha, I overstayed my welcome in your house, and now all of a sudden, it's my house when you want me to rescue you from the desert dunes. The boar breaks into my private property to rape my little pussydog. How did you know it was him? ¿Tenía su cara, su voz o qué?

–Por qué iba a tener su cara. Era un puerco, un verdadero puerco. We've called him Jabalí so many times that he became a boar. I don't even mention his name anymore. Why should I? He is a pig.

–¿Cuál es peor: la muerte del amado o el desdén amoroso?

–Que me dejara–y se quedara vivo. Imperdonable. Que me dejara y se muriera–an improvement. But to leave me cold blooded is to kill me. Si el killer had killed himself as well, it wouldn't be so bad. Pero no se murió. Siguió vivo, free to kill again.

–La muerte del amado siempre es peor porque all hope of reconciliation is gone.

–Sí, pero el muerto se sublimiza, se pone en un pedestal. Mientras que cuando te dejan, aunque sigues sintiendo el amor, no lo puedes sublimizar. ¿Cómo puede ser que esa persona fuera mi amante? Me engañó. I woke up from one reality into another and became a stranger to myself and to others. Pasaron más de diez años, pasaron. Pasarán más de diez años, pasarán, así que pasen siete años. Pasaron siete y los diez. Y yo me seguía diciendo en voz baja: *cuándo volverá Jabalí.* Y si alguien hubiera visto detrás de mis ojos, infinitamente repetidas y duplicadas, se repetían las escenas y las mitologías en que mi memoria sacaba de contexto el hecho de que Jabalí me había pegado cuernos. Este verano fui a una exhibición de pinturas. Me asomé por las puertas giradoras, lo vi, estaba ahí, enterito. Mi corazón empezó a palpitar, al ritmo en que se me encendían las mejillas, y una sonrisa se me abría, no, los que se me despegaban, descarnosos, eran mis labios.

–Lo saludo o no lo saludo. Vírale la cara. No le vires la cara. Sí, hazlo.

Pasaron más de diez años, pasaron. Entro por la giradora de cristal y Jabalí me mira, estaba a punto de saludarme como un viejo amigo que se acaba de enterar de la tragedia, serio, compasivo, tenía que demostrar que sentía mucho el pésame de la muerte de mi hermano. Le miré a los ojos, reconociéndolo, y al reconocerlo, le di el virón de cara más virada, un desconocido.

*—Como si no existiera, como si no existiera,
como si nunca hubiera nacido, ignóralo como
hizo su padre. Y como él me hizo a mí.*

Se le metió una pajita en el ojo, y parpadeó—*tanto amor, tanto
tiempo.* Movió la lengua, tragó en seco. Sonó la sequedad en
el tímpano de mi oreja. Tocaban un bolero. Yo rebufaba y
él rebudiaba—un rebudio de Jabalí—leche condensada—y agua
que no desemboca. Al acercármele tan cerca y tan cerca, en
vez de pegármele, y hablarle, miré a través de la distancia que
nos separaba, y tragando en seco, miré de lado, atravesé su
cuerpo—la aparición de mis quimeras—él sabía que todavía le
quería, pero qué podía hacer ahora que tanto tiempo había
pasado, y que tanta mentira me había acuchillado, excepto
mirarlo por delante de la distancia y acuchillarlo con el silencio:

—Todavía te amo y te amaré toda la vida—
labios que sellan el silencio sin tocar la saliva
de sus otros labios—*tanto me diste, mi amor,
tanto me engañaste, tanto me enseñaste—
todavía guardo la forma en que me hacías la
muerte y el orgasmo, tan suave, corriéndote
por los vellos alados de mis muslos, y cuando
me lo clavabas por detrás, yo me convertía
en una rana, y no croaba, arañaba, mordía,
sentía que me corría por todo el bolero de mi
orgía. Bolero, sí, bolero, mi amor. Atravesé
tus ojos, y seguí andando, como si tú ya no
existieras, aunque dentro de mí existías en
toda la existencia que sentía palpitar dentro*

de mí, un relámpago, un trueno y una estrella.
Después ni caso que te hice ni me hiciste. La
distancia rezagada y el respeto secreto se
retrasan, pero nunca morirán, qué pena.

Nací sola. Moriré sola.

–Naciste con la ayuda de tu madre, un médico, y dos enfermeras. Vamos a ver si vas a tener tanto amor cuando te mueras. Debes amar lo que tienes en lugar de añorar lo que perdiste.

–No añoro. Amo.

–Recuerdas lo que amaste.

–Sí, pero no añoro. La nostalgia es la decadencia.

–Pues déjate de hablar del pasado. A nadie le interesa tu biografía personal.

–Déjame escribir mi novela. Tengo que hacer un recuento de mis días y mis años para saber si han perdido sueños mis añoranzas, o si todavía siguen soñando.

–Your past, as if it were something to be nostalgic about. When we would take our long trips up Madison Avenue to Sant Ambrose, que era mi Meca and mi meta, where we would slurp gelato cones, you would stop in front of the pastry shops and plan the parties you always dreamed of hosting with parfaits, truffles, cream puffs, and the Sant Ambrose cake decorated with Starry, Starry Night, and for Christmas, you wanted the potbellied Santa Claus stuffed with mousse and pannetoni.

–Maybe we can take Santa Claus to Puerto
Rico as a Christmas present for my mother.
It's made of marzipan. Will it melt?

My thirst would grow when after the gelato we would visit the Met, and there you would stand in front of Rembrandt and say out loud:

> *−You were really a buffoon like me. You had*
> *Hendriecka and Tito to save you. If only I*
> *could have a Tito helping me. I used to have*
> *a Jabalí.*

It always baffled me how, instead of revering his profounds of mind, you would jot down the dates the portraits were restored. Then you would spend the rest of our visit admiring the museum's tracklighting and giftshops. And it always struck me that wherever we went the most minuscule objects caught your fancy in display windows–sunglasses, whistles, pens. Once a tennis racquet made of chocolate. You thought of sending it to your mother in Puerto Rico. And you browsed for clothes and shoes at the most conservative boutiques, and you would tell me over and over again the story about the only gift Jabalí ever gave you, apart from the Pan Am peanuts he would bring from his MLA trips to Indiana and Mississippi.

> *−He said he wanted to buy me a sweater, the*
> *most beautiful sweater in New York. Time*
> *went by and I never received my sweater, so I*
> *found it myself in Ferragamo. It was the most*
> *beautiful sweater in New York.*

You took him to Ferragamo, and he said:

–But that's half my paycheck!
*–I never get anything except peanuts. You
promised.*

Then you told him how your grandmother used to take you
shopping.

–What do you want?
–Nothing.
–Don't be shy. Take whatever you want.
–These.
*–That's all? And these? You want them? Take
them all.*

How you used to carry the whole store in your arms, and
when the cashier would ring it up, Mamá would say to her:

*–She thinks she is rich–*and then coldly to
you–*No eres rica.*

And how you used to feel humiliated each time.

*–But if it weren't for Mamá, all I would have
is peanuts.*

And with that peanut zinger, you finally got him to buy you
the most beautiful sweater in New York. And he always
took you to The Right Bank. When we passed the peach
stucco facade, we would crouch and peer through the
window.

*–He really knew how to dine a lady. The Right
Bank. There's a garden in the back where
we would have our wine under the open
skies. We used to come here when I lived on
Madison Avenue.*

I used to imagine you and Jabalí in the narrow darkness,
drinking wine among the red and white checkered tables,
and I'd thirst for a chilled glass of white. My stomach was
growling.

–Let's go to The Right Bank.

I figured if Jabalí brought her here, for once she won't complain. We took a garden table, sat on cold metal chairs, and
sipped our wine.

–White?
–Sour.
–And the salad?
–Limp.
*–Well, why did you order a salad? Jabalí
would have never ordered a salad.*

By this time I had realized he was as common as peanuts,
and that's why you didn't know how to dress yourself, buy-
ing old maid sweaters from Ferragamo. Penélope did the
same thing with her Dalmatians. After Xochi died she
bought a puppy with identical spotting, and convinced
he was the reincarnation of Xochi, she named him Xochi

Too. But she was in for a big surprise. Whenever she called him Xochi Too, he walked away and ignored her. She was piqued because Xochi never did that before. Xochi was her passion. He was a loner like her husband. If she'd treat him to a snack, he'd curl up in a corner and eat it alone. But no, Xochi Too has no sense of privacy, he wants her to hold the biscuit while he gnaws it, and then watch him licking in between his toes and fingers, and then he expects her to spread her fingers so he can give her a manicure. *Yuck*–she says–*Xochi never did that!* Once a vet asked her if she traveled with her dog. *The whole world over*–she bragged, but then she realized she was confusing him with Xochi and since Xochi had traveled the whole world, she left Xochi Too at the kennel because she felt he was too old to travel, even though he was a healthy pup, eager to experience jet lag and foreign foods. The vet said:

> –*Maybe it's true that Xochi is Xochi Too, but you can't expect to have the same relationship you had with him in his first life. You've both changed so much over the years.*

From then on, she began to take Xochi Too on every expedition. The point is you have to learn not to compare. A pig is a pig. And a dog is a dog. The other day you were berserk when I brough home the wrong flowers.

–Because you promised me you would. Why did you promise. You should not promise. Always, unfulfilled promises. Jabalí promised me he would get my first book of poetry published.

*–I want Visor–*I said.
–Visor it will be.

And then he published his own book, not mine, and never told me.

–My mother always said two artists cannot live together. Infectious rivalry.

–I told him:

> *–Just remember that I am the poet. People should know what they are so they don't take the places of the people who they are not.*

–As if you were the only one.

–That's exactly what he said.

–No compares las mentiras de Jabalí con mi falta de dinero. Ingrata. I did the best I could.

–You promised me $60 roses. I received $5 roses almost dead from the Korean grocer.

–A rose is a rose. Ingrata. Me armaste una pelea en frente de Makiko. Y en balde, Yoko brought you long-stemmed beauties, thorns and all.

–If you don't promise, I won't expect. He stole my publisher. I'm sure he didn't even take it to Visor. The same with my dissertation. He promised he'd get it published when I finished it, but he didn't take it anywhere. Did he or didn't he deserve a beating like the one Repolido gave Cariharta. He was losing in a card game, and he needed thirty reales to win. But she sent him only twenty-four reales. And because she did not send him what he expected, he beat her senseless.

–But she did the best she could. She sent him all the money she had.

–But not what he expected.

–Doesn't justify the beating.

–How do you think he felt, depending on a whore.

–Like the thieving pimp he was.

–You want me to be grateful for withered stubs when I was set on velvety blossoms. Cariharta had the money. Repolido depended on her. That's why he was so riled, he was depending, and she made him conscious of that by sending him less than he expected.

–That does not excuse his beating or your insults in front of Makiko. You should thank him. He did you a favor.

–Thank him because he broke my spirit.

–Your spirit is not broken.

–It's crushed.

–Be grateful, you would have been bored always analyzing other people's work without creating your own.

–I would have been a great critic.

–I would have been a great poet if you didn't break my spirit.

> –Whadaya think?
> –You write like me, but you have nothing to say. Not now anyway. Maybe, if you start living vital experiences, maybe later, you'll become a novelist, but definitely not a poet.

I couldn't believe you tattled to your father.

–He said:

−She must see a tidy sum of talent or else she wouldn't try to bury a beginner. Keep your eye on her and back away from her, ever so slowly.

−Why didn't you?

−I was mature enough to give you the benefit of the doubt. Although it's true, I never wrote another verse.

−Then your desire was not genuine.

−Then you were not going to be a critic. Nobody breaks what people are. They can hurt your feelings, yes. Verlaine broke Rimbaud's heart, but nurtured his poetry by unleashing his emotions.

−He made him despise poetry.

−He broke his heart, not his art.

−And this is why a rose is a rose is a rose. Because there are roses that are not roses. You know when you meet a rose. You know it by its scent. But people don't know. And that's the problem. But what bothers me, and this is my dilemma, if I didn't have an editor picking apart my poems, I would have already finished my book. Because it's true, you refine the language, but when I have an idea that is not fully developed, you say:

−It doesn't work, but it's a great idea.

That's how you kill my idea, I won't continue working with it, if it doesn't already work. If it were a great idea, it would work.

−If you work with it, you can make it work.

−Yo sólo quiero saber si funciona o no funciona.

–Sólo funciona este párrafo que yo he tenido que rescribir entero. Esto se llama palimpsesto. Yo no sé qué te harías sin mí. Lo que escribes es inmaduro. Yo lo hago serio.

–Lo que madura se pudre. Prefiero ser verde. Todavía tengo esperanzas de llegar a ser.

–Si tú dices: *Nunca. Oíste. No estoy enamorada.* Yo soy un eco. Y el eco responde: *Estoy enamorada. Estoy enamorada. Te amo. Te amo.*

–It's torture to have to hear the opposite of what I negate. I say: *I don't love you.*

–I say: *Love you. Love you.*

–It breaks a person spirit. Don't you think?

–You think. You think.

–So I always have to hear your back-talk.

–It's your own voice contradicting you.

–No estoy enamorada.

–Estoy enamorada. Estoy enamorada. Te amo. Te amo.

–It's true. Eco is an original. She copies Narcissus' last words but projects a new meaning. Imagine. Once he emerged from a cold black cloud, arm in arm with another woman, and called my name. Yo no sabía de dónde venía la voz, desconcertada, miré azorada, de una a otra parte, sola, como me encontraba, y desgarrada, me puse los dedos en la frente, para que el reflejo del sol envuelto en una niebla agónica no sacara aún más mi angustia, busqué por ambos lados. Y de repente, entre la niebla, la multitud y el sol, vi que se acercaba a mí, con una sonrisa, los ojos con bolsas dilatadas por debajo, trasnochamiento, y bebidas, pero dentro de sus bolas, un comején, un rayo de sol, rodeado de líneas, como un mapamundo, los sufrimientos cruzando los trapecios de unas agudas y crispantes, salpicadas agujas dilatadas, como carámbanos de agua, y venía hacía mí, para saludarme. Me dijo:

–*¡Hola! ¿Cómo estás?*

El muy petardo ruptured my eardrums. Cómo se atreve preguntarme cómo estoy una semana después de la ruptura. Él, desde luego, estaba muy bien.

–*Yo estoy muy bien, gracias. ¿Y usted?*
–*Divinamente.*

Me le quedé mirando fíjamente a los ojos. *Divinamente*, quién es esa macha, bizca y gorda que a su lado se encuentra. Por qué me mira tan altanera, parecía que él le hubiera dicho cuando hacia mí se encaminaban:

–*Es ella. Sigue caminando de lado. Ignórala.*

Fue entonces cuando el muy fresco me saludó. La macha había pasado como un bulldog por mi lado. Ella sabía quien yo era. Ella había escuchado mis conversaciones telefónicas. Y ahora me veía en carne y hueso. *Bloom, pum, cua, pow, wow, auuuu,* lo había comprendido, era la Chilla, la que me lo había quitado del lado. Que me escuchaba hablar y se reía de mi dolor. Claro, mira, eran dos disolutos. Estaban desnudos, ella trepada en su regazo, with the phone cord wrapped around her neck como collar de onyx, amarrado, ojalá se hubiera ahorcado, no te creas, yo escuchaba sus carcajadas, cuando me veía implorarle a Jabalí que volviera.
–Disoluta.

–You don't know how many times I had to hear Ingrid Bergman reciting Jean Cocteau's monologue of a woman talking to her lover on the phone before she commits suicide.

–Jabi gave you that record.

–Yes, until one day, he came home with Edith Piaff and told me he found her at Rizzoli. I later learned, lo olfateé, que fue Chilla quien se lo regaló.

–La falta de sensibilidad.

–He ran off with Edith Piaff and left me con el disco rayado de Ingrid Bergman despidiéndose de su amante. We never hear his voice–just her desperate responses. With me it was different. I saw his lover seated on his lap, naked, eavesdropping and squealing with pleasure, deep pleasure, more pleasure, the sum of more and more pleasure, thinking she had him eating from her sweaty palm. And they were swilling scotch and soda on the rocks, and I heard the icy ice, his voice choking with pleasure, when he said, so easily, with no emotional regret, no sensitivity, cold and distant:

> –*Volverán las oscuras golondrinas, pero aquellas, no volverán.*
> –*Y por qué no vuelven*–dije yo–*Por qué no vuelven.*
> –*No se puede pasar dos veces por el mismo río. Nuevas aguas.*

In the background I heard the laughter of Chilla, sloshed as she was, with her curly sweaty hair, which I'm sure she hadn't washed in ages, and her shiny face and her yellow, yellow teeth, and her gums, open wild, I could even see the chambers of her throat with scotch splashing sassy, screaming like a witch and dancing, because he was with her and I was alone and lonely in my solitary room. La pregunta es: ¿Por qué me quiso saludar?

–He wanted you to know he found a new love.

–¿Y por qué cuando yo le pregunté por teléfono si tenía a alguien me dijo que no?

–Fear of sabotage.

–¿Y por qué cuando me vio en la calle, en vez de esconderse, avergonzado, salió saludándome culeco, como un sapo?

–Sí, pero date cuenta, no te presentó a Chilla.

–Worse, suggestion hurts more.

–You took him by surprise. He didn't expect to see you so he called your name out of reflex.

–But why did he look at her at that very moment with a look that said:

–*Nos cogió en la pifia. Sigue de lado. No te pares. Yo la saludo.*

–Esos son tus celos.

–No, fue real, era Chilla. Y si él hubiera sido honesto, y un verdadero macho, de pelo en pecho, me la hubiera presentado. ¿Qué de malo tiene conocer a una puta? Algo estaba ocultando. Su conciencia.

–Por favor, no tiene conciencia.

–The look in his eyes. Her look. Her messiness. They were making love minutes before they encountered me. I'm not stupid. She had no make-up on.

–That's your rage, your jealousy.

–I just want you to know how cruel he was.

-Cruel, but funny. I loved the story.

-Mira, y yo te voy a explicar cómo lo hice.

-Fácil. Se llama, hipnotismo, y es una falta de respeto.

-Pensar que yo creía que tú creías en mi poder para encantar.

-Creo que es una especie de embrujamiento.

-Sí, pero no estoy quitándole su fuerza de voluntad. Estoy dándole, y dándole y dándole, otorgándole a cada uno de los cantantes la música, sacándole el dolor a las notas, bajando por sus catástrofes, sintiéndolas, compartiendo la embriaguez. Y cada uno de ellos al mirarme, créelo, sintió la voz del placer. Porque en cada uno de mis pelos, carne de gallina.

-Spare me. You were nine years old when you directed the choir.

-But with such devotion simple, and yet, sacrificial, knowing the mortality and the wounds, I mean, really knowing what art is about, a mystical experience, recognition of a vocation. And at that age.

-A very normal experience for a very normal child.

-Not any child can maintain that devotion. The choir was flying high. They knew it was no silly game. They followed my hands better than Evy Lucio's.

-You memorized her gestures.

-Sí, pero tú ni siquiera sabes lo que significó para mí dirigir. Yo estaba harta de darle a las cuerdas de una guitarra, no era la guitarra, ni el solfeo, ni el piano, ni las partitutas, ni siquiera, ni siquiera el canto. Ahora que escucho a Dulcinea aullar reconozco en la manera como lo hace mi estilo. Estira el cuello lo más posible, hasta que se le atraganta en su garganta un simple y tiple aullido: **Auuuu. Auuuuu.** El **uuuuuuu** transmite la efervescencia del desamparo, pero al mismo tiempo, al aullar, estaba transmitiéndole a la voz el pánico que sentía cuando reconocía el peligro, a la vez que daba infinitos y recibía los ecos de las profundidades.

–Sounds German.

–I am a scream that transcends madness.

–You think I'm gonna believe your feelings are more powerful than mine because you talk in catastrophic combustions. It's plain intimidation by association. You're as fragile as, how can I say...

–As you. Let me feel the way I feel. What's wrong with being in touch with oneself.

–You miss the touch of others because you just don't listen enough.

–When is it enough. When you destroy everything I feel.

–Go ahead. If I feel it's important I'll unplug my ears, take what I need, and disregard the rest as I yawn with tolerant affection.

> –*Por ahí vienen.*
>
> –*Déjame ver tu yerba. ¿De dónde la sacaste?*
>
> –*Del solar de mamá.*
>
> –*Ya verás. Van a creer que te la robaste. Y no te van a traer nada.*
>
> –*No me digas eso. Mamá me dio permiso. Además, tú también te la robaste.*
>
> –*La tomé de mi jardín.*
>
> –*No podemos pelea-ar. Qué niña bue-na. Cuenta los regalos. A mí más–ya verás.*
>
> –*Quietecita. Uy, escucho el trote de los camellos.*
>
> –*Ay, y dejaste la puerta abierta. Asómate.*

–*No, no quiero que me vean. Dame la mano.*
Vamos juntas.
–*Ciérrala.*
–*No, no quiero que nos vean.*
–*Idiota, ciérrala. Qué miedo hay en eso.*
¡*PAU–CLAU–AAUUUU!*
–*Mi dedo. Mamma.*

Ay, mi dedo era un lagartijo colgando del dintel de la puerta.

–*Mamma. Mamma. Qué hago. Auuuu.*

No me atrevía a verlo. En eso llegó bajando los escalones del segundo piso de la casa mi mamá, y cogió el dedo que colgaba como un gindalejo de la puerta, y los chorretes de la sangre, te imaginas. Me lo pegó con un pañuelo, lleno de sangre, y al hospital. Donde me cogieron los puntos.
–Esperabas a los reyes.
–I sacrificed my pinkie.
–¿Pero el meñique te trajo una calesa?
–With blinking headlights.
–No hay mal que por bien no venga.
–Ni bien que no traiga un golpe.
–And the camels.
–Se comieron la yerba y regaron la casa.

TROCOTO–TROCOTO–TROCOTO

–And your pinkie.
–Es más pequeño que el otro.
–Lo veo igual. Lo estás bajando.

–Si a ti te hubiera pasado apreciarías más el cuento. Al otro día, después que me cogieron los puntos en el meñique, estaban rodeando mi cama mi mamá, mi papá, mis abuelos, mis tíos, mis primos. Esperando. La resurrección de la carne y la vida del dedo. Muchas, muchas horas durmiendo. Qué pasará. El dedo amoratado. Vendaje. Esperando estaban. Y yo no sabía lo que pasaba. Pero me levanté sonámbula cantando y tocando la flauta del flautista de Hamelín:

Tirirí. Tirirí. Tirirí
Tirirí. Tirirí. Tirirí

Necesitaba ejercitar los dedos de mis manos. Sobre todo el meñique.

Rí. Rí. Rí

–Y no viste las estrellas.
–No se ven todos los días, pero el dolor trae una canción de alegría. ¿Quieres que te cuente el cuento de la puñalada?
–No, por favor.
–Cobarde. Yo brincaba la cuica en un rincón del patio. Alejándome cada vez más de dos niñas, Mumi y Mindi, que jugaban a tirarse dardos. Yo les grité:

–Parece mentira. Qué hacen ustedes jugando
ese juego de machos.

Ellas gozaban de lo lindo. Y el viento soplaba con más fuerza. **Auuuu.** Así mismito como Dulcinea.

*–Todavía puede ocurrir–*pensé yo–*que por*
una de esas casualidades de la vida, alejada
del peligro, en un rinconcito.

I had a funny feeling el dardo would head my way pero por
qué dejar de brincar la cuica.

–Estoy felíz. No los estoy tirando, soy pacifista
en la guerra de los dardos, brinco sola mi pro-
pia cuica.

Y de repente, un clavo right through the back of my hand.

¡Enterrado! ¡Enterrado!

Veo que hacia mí se encaminan las dardistas thrilled by the
sight of my blood.

–Deja que te lo saque.
–No se te ocurra. Ya me lo enterraste.
–Dame mi dardo.
–Mamma. Mamma. Qué hago. **Auuuu.**

De tanto revivir el dolor que sentí, alcé la cabeza, sacando
mi mentón, miré las estrellas, ahora espatarradas, y haciendo
círculos con las barrigas infladas, y aullé: **Auuuu. Auuuuu.**
Pero cuando más saladas bajaron unas estrellas que pesta-
ñeaban y bizqueaban fue la víspera de la muerte de mi hermano. Dicen, yo no sé if you've ever heard about it, pero yo
afirmo por experiencia propia that sometimes uno presiente
un luto, un negro agüero como el sueño del murciélago. Yo

había subido un monte, fatigada, mis botas llenas de fango, fatiga de subir, y más fatiga, arrancar con las manos, de raíz, entera una cruz, y bajar con el peso de la cruz el monte, bajarla, y sentirme aliviada. Me había quitado un gran peso de los hombros, al arrancarla de raíz y con su peso pesándome, y sintiendo la angustia de que tenía que bajarla hasta abajo y dejarla descansando, tirada en el suelo. Enseguida vi dos serpientes vivitas coleando dentro de la pecera que está en el cuarto de mi hermano. Y en eso Pilo me dice que va a destapar la pecera.

> –No se te ocurra hacerlo. Ya verás lo que ocurrirá.

Pero ni caso que me hizo. La destapó. Y las serpientes saltaron fuera de la pecera y desaparecieron debajo de la cama de mi hermano. Yo le grité a mi padre:

> –¿Quién se murió? Por favor, Papo, dime, quién se murió.

Mi padre me mira directamente a los ojos y me dice:

> –Si quieres saber lo que es el amor, ten un hijo. Si quieres saber lo que es el dolor, entiérralo.

Ése día mi hermano murió. Así. Con convulsiones, dándole puños a la muerte. Control freak, control, his hand first, in control, his heart bumping out, out, out. His eyes rolling around, ball points–did they know where they were going–

they were looking–scaredy cat–all around. *Is this happening to me? Now? Ashamed. Am I dying?* His eyeball rolling, upside down. His teeth, his cheeks–earthquake–calm, calm down, it's all going to pass soon. It's all going down soon and, and you'll be Alright. And Alright came freezing his feet–frozen dead–my brother–beastly dead, dead like Dulci.

> *Cata cata cata plum.*
>> *Plum.*
>>> *Plum.*

Y todavía hoy, después que tanto tiempo ha pasado, con el viento golpeando por todas partes mi cara, despejadas mis sienes, sintiendo el escalofrío del clima y de la muerte, voy caminando por las calles, buscando su rostro, a ver si lo vuelvo a ver, algún rastro de sus facciones, busco en todos los hombres que veo la cara de mi hermano. Es una desaparición.

–¿Y doña Juanita nunca se te presentó?

–Yo no sé por qué, mis dos primas, Maruja, the Banker and Kía, the Happy Widow, me llamaron a un meeting. Por qué un meeting con estas dos burócratas. They, on one side of the conference table armed with sharpened pencils and legal pads, and I, on the other side, empty handed, y nerviosa. Between us were my grandmother's jewels, glimmering under florescent bulbs.

> *–Te hemos llamado a esta reunión para informarte que no tenía ningún derecho.*
> *–Ya está muerta. Nos pertenecen.*
> *–Por derecho de sangre.*

–Somos nietas igual que tú.
–De nada sirve que ahora te defiendas.

No dejó escrito en ningún testamento que sus joyas eran mías. Cuando mamá murió, mi madre me mostró un kleenex scrunched in a ball, lo abrió, y aparecieron las joyas con una nota que decía: *A mi nieta preferida.* Yo, angustiada, veía a cada una de mis primas scribbling notas mientras exponían sus puntos de vista.

–She spent it all on you.
–Fue injusta.
–Nos hizo sufrir a las dos.
–The tables have turned.

Y estaban ya, como dos arpías, con sus garras al acecho de mi herencia cuando horrorizadas me miraron. Noté de repente que mis manos no eran mis manos. Ahora estaban llenas de venas varicosas, que mis uñas ahora tenían esmalte rojo, que las falanges de mis dedos, sus nudillos, estaban arrugados, los dedos eran gruesos, pecosos, jorobados, y adquirían la fuerza de unas garras, manos de vieja y de profeta, y de pronto me di cuenta de que mis manos se habían transformado en las de mi abuela.

–No te dejes arrebatar lo que te pertenece–
grité.

Pero no era yo la que gritaba. Era la voz de mi abuela. Y yo creía, ilusa, que estaba derrotada por las fieras de mis primas. Pero la madre de las fieras, mi abuela, las hizo salir corriendo

despavoridas sin decirme adiós, dejando, intocables, relu-
cir, sobre la mesa mis piedras preciosas. Ahora, escúchalo.
Súbete aquí.

–Dónde. A tu lomo.
–Coño. Respiro aire fresco y me siento bien. Te lo juro.
I'm not ready for another tragedy, really, who's ever ready for
a tragedy. I grasp, for heaven's sake, to be caressed by your
benevolent you, to be loved so, so much. Oh, I breathe suspi-
cion–my grandmother taught me to suspect–*always suspect,
even of the sun*–she used to tell me–*if you're satisfied, something must be wrong.* I'm so comfortable in bed I don't even
want to get dressed to go outside. I click on the TV, content
to watch nothing. I read so much. I'm bored to death by
Ibsen. Do I act upon the reading. Act upon the character.
What fills my brain. Cotton balls and snow balls. Plus the
flu–antibiotics–soup–and no exercise. And yet my appetite is
here–do I dare to snack. Do I deserve to nap. Everybody dies.
Even the ones who accomplish nothing. Do I deserve. Here
comes my guilt. For niente a fare. Not for acting an injustice.
It's not an ethical dilemma. It's a vital existential problem.
Indulging my being in waves of distractions. The hot and
lazy weather. As if it mattered whether it was day or night.
If I don't wake up–the consciousness of my being alive–time
goes by, merry go lucky, quick, a coffee, quick, I have to work,
but it's too hot, and you come and go in the lazy swelter like
a train bringing me shoes, seductions, smiles, gossip, tempta-
tions, beauty, your sweet face glowing, my Circe, indulging
me, to forget my mission. What mission? I had it. Now, the
day pains me, and drives me crazy, this railroad inside my
house. Thinking about ten years ago, it will be ten years since

my last work. What have I done in ten years. When I write checks I do not know ten years have passed. I write 1983, 1984 because I'm stuck in–what do you mean here, too many nouns, I would take out ghosts because it has nothing to do with clowns or buffoons. One life, one work. Work on my present. Do the experiences I live each day, are they–am I– experiencing something that I can feel ten years have passed. Apart from changing the names of my friends. The problems are the same–nasty, grimy streets, repeating themselves, the same buildings crumbling, the same Broadway shows, movies ad infinitum, parties ad nauseum. You working ad infinitum, me in the house–enrejada–doing nothing–niente a fare, reading, rocking–what is this word, what is this world–even my nasty moods, the river, the city–and Woody Allen repeating himself–doesn't he get tired of doing year after year the same old scene.

–Marcello put it aptly. *Crisis of inspiration. And what if what you already did is forgotten by you. Even by you.*

–It worries me. I don't feel anything. Touch it. Aprieta mis sienes. Condensa su densidad, like Jabi used to.

–Harder?

–Don't crush my skull. Focus my energies like this.

–Look. Look. That's the expression of intensity we're looking for. A hideous pout.

–Don't you see, when I was at my best, maybe I didn't look nice, but my head was in top shape. Toca mi cerebro, right here. Knock it.

–Like knuckles on a door.

–Worse than that because, wait, somebody might answer the door, but here, jeremiqueo, who answers. Who.

–Trust me, this is the best you've ever written.

–You also thought that slop I wrote three years ago was the best I've ever written. I wonder, where is your head? I may feel better, look better, of course, you think profound people look nice, no, intensity deforms, it evolves you. I should never look nice, never, and if I look nice it's because I don't have a thorough thought in my heavy head.

–Hang in there.

–Where are you going?

–To the vending machine. Coke? Pineapple juice?

–I could go for spare ribs, but I don't want you in the streets at this hour. Get coke and nachos from the lobby. No, no te vayas. I'm not ready to sleep. With what face puedo enfrentarme a las tinieblas. What have I done tonight. What right do I have to even nibble those nachos.

–Buridan's ass starved to death because he could not choose between two equally good smelling bundles of hay.

–Go get nachos.

–You wanted a thought.

–That's not your thought, it was Mona's and before it was Mona's it was Hannah Arendt's. It was nice of you to think of it although I would have preferred it with a nacho in my mouth.

–You'll starve to death if you don't decide.

–Par delicatesse, j'ai perdu ma vie.

–You're Buridan's ass, not Rimbaud

–Don't explain, okay. I don't need your explanation. I prefer to listen to the words. Think them. If I can apply them to my life, then I understand and I'm happy. Fetch me ribs.

–I would prefer not to.

–Bartleby.

–Don't cite your references.

–The owl of Minerva beats its wings at dusk!

–I don't get it.

–I'm here to present thoughts, not to explain them.

–Nachos.

–Mona took it from Arendt and Arendt took it from Borges.

–Maybe that's why it doesn't appeal to me. He is too conceptual. I prefer the dramatic.

–You're like the owl of Minerva.

–An old bat?

–Profound people capture youth at dusk.

–I still don't get it.

–A friend is another self.

–Who said it?

–Who cares?

–I guess it's my other self.

–Mona.

–Aristotle.

–Wasn't it you?

–Who?

–My other self.

–Alright already, nachos and a diet coke.

–You don't want to come with me?

–No, I'll just bat my wings till you get back. It's irrational, my hate for Borges. Do I have to know who Minerva is to understand that wisdom comes late in life. Why do the wings have to beat at dusk. Wisdom sometimes comes at dawn. Look at Rimbaud. That's probably why he lost his life.

–Sometimes I wonder if you understand anything.

–I don't get it like everybody else gets it, but I get it. There's always an understanding in misunderstanding.

–You have a point there.

–I don't have anything–not to llevarte la contraria, pero lo único que tengo aquí ahora son ojos para verte a ti. Things are disappearing. If you want to see anything, you have to hurry. Trust me. If you don't want to see anything, you won't. But, since I have this urgency to see, to touch and be touched, and sometimes even hurt, if I don't hurry, if somebody–not necessarily you–an accident–takes me by surprise, I see then that that's what I must write because I can't be dishonest to what I see. I have to show things, believe it or not, as they are.

–Dime, dime la verdad. Ahora que estamos solitos aquí. La Mona esa no me considera a mí. Dime. Dime la verdad.

–Yes, I think the category of genius still exists.

–But I don't think like she thinks. I don't think it's harder to be a philosopher than to be an artist. Look, she said there are very few philosophers in the history of humanity. I don't know, every time I hear her talk I become a little nervous. Before, I was so sure. But now, how can I know? Besides, if she doesn't think I am, who is going to think I am? She is alive. She knows me. And believe me, I try to make my impression. I try to become one. But she just gives me her smiles, shows me her teeth, and I get nervous. And then you just blind me all over, by protecting me so much. I ask you, am I one of them.

–Who cares what she thinks.

–But tell me, count on your fingers, how many philosophers or artists can make a herd of black cows wacko their tails as if they were directing what they heard.

–Was somebody with you?

–Why?

–We need proof.

–The cows were there. The trees. The dawn. Music and me.

–It's not enough. We need a witness who can testify otherwise they'll say the cows were just swatting flies.

–Do you think the cows will do it again if they see you?

–Why don't we try.

–Do you think I'll sing with the same voice twice? My voice not only brought the hills to life, but the cows to music, to music. It's not simple, you know, and yet it's so simple. So true and pure. Do you think I could sing the same way in front of a stranger like you?

–You could write with me as a chair.

–Do you believe me?

–Mona would have said it's fantasy, but I'm sure it could happen.

–*Pathetic? You wish you were that pathetic. You don't understand. Listen to the holiness. He's great souled, and you dare to laugh.*

–*Mona, I'm not laughing at him.*

–*You wish.*

–*He's got no balls.*

–*You wish you could write like he sings. Hear, hear when his voice dies softly. It's a gentle woman. The effort, the effort of dying softly.*

–*I know. I think he's funny, or rather, she's funny.*

–*Why do you care about that? Insensitive, arrogant.*

–*I prefer Placido.*

−Oh, please, why even compare?
−He's got balls.
−He's got balls? You wish you had the Castrato's
balls. I love him most when his voice dissolves.
You have no ear for music. You don't even
know what you're listening to.

−You know, I'm really angry. Now, tell me, did she or didn't she dare to say that the Castrato was on a higher level than me.

−Is that what you heard?

−She said it, didn't she?

−Maybe she meant in voice. You do have a deep voice.

−I heard what she said, but she didn't hear that I said I loved the Castrato. His *aahaaaa* it's like, it's as if he's drowning or swallowing his tongue.

−Sounds to me like he's taking it up the ass.

−Yes, yes that's it. That's it. I adored his voice. It's a swollen bird. A bird dying and crying frail, not Niagara Falls, no, no, no. Then, out of the blue, she says:

−You have Picasso's eyes, intense.

I figure, so I don't have the Castrato's soul, but I do have Picasso's eyes. Not bad. Not bad. And then she says:

−You're very powerful. That's probably
why Makiko compared your expression to
Hannibal the Cannibal in Silence of the*
Lambs.

Don't you see a contradiction in all her arguments? I can't hate her. She loves me. I always thought I was like Picasso. Cow eyes. Mooooo. No wonder, the cows loved me. I swear, they were trying to tell me–looking deep into my eyes:

> –*what a beautiful voice you have.*
> –*what are you doing here?*
> –*how come you understand us so well?*

Their big black eyes gazed into mine as I sang:

> –*with the sound of music*

I extended the *sound*, until the vowels vibrated inside their eardrums, inside their bellies. They were melting, swaying, dripping, almost milking while swinging their tails in harmony

> –*with the sound of music*
> *with songs they have sung*
> *for a thousand years*

It was magical. The word *years* started their tails again. They crowded closer, penetrating my eyes, and letting me know that they listened, understood, and most of all, respected with silence and devotion.

> –*I know I will hear what I've heard before.*

I was invoking the spirits to come and get me. I knew I would hear–music, poetry–like I heard before, with the same love mounting over a fountain of passion–water, water–I was thirsty, and the mountains so full of yerbas, árboles, pelos, pelos puntiagudos y escarbando sus rodillas, los montes profundos–que muchas piedras y raíces y margaritas y aguas y rizos, rizos de ramas, tallos, ramitas bien débiles, tan *débiles*, is that the word, *endebles*, y algunas tan fuertes–y yo pisando el lodo, enfangando mis tennis y mirando las nubes bajar y bajar hasta encontrarse perdidas, no, suspendidas, algodones, la ramita moviéndose, y el pájaro sembrado en ella cantando, y las vacas mugiendo, y ahora una de ellas en conjunto con toda la armonía del universo dice *sí, sí, sí, sí, sí.* Baja y sube la cabeza, afirmando que sí, *porque sí, señor, me gusta cómo canta.*

> –*Yes, we'll hear it again. Don't you agree?*
> –*I doooo.*
> –*Lo afirmamos.*

Y entonces, reclinándose, como si la música no fuera con ellas, se pusieron a comer yerba.
> –Tú ves, ni caso que te hacían.
> –I thought you believed me.
> –Yeah, but they immediately forgot you and went for the grass.
> –I made my impression. They paid attention until the sound of music wet their appetite. What better than that. When I left, they were happy, content, to eat their grass as if nothing had happened, and I continued singing on my road, and they continued on theirs. I did it my way, and they did it theirs.

–I have the most beautiful dream on the tip of my tongue. Woody Allen appeared in flesh and blood in the middle of a crowd. Everyone was dressed in black tights and we formed a midnight train.

–Was I there?

–You were the second car and I was the third. The train was circling slowly behind Woody. I was getting impatient. This won't get us anywhere. I squeezed your waist and shoved you ahead, so instead of chug-chugging in circles, we bolted straight through the crowd, and all of a sudden, it was only Woody, you and me. We were schmoozing. Actually, he was doing all the talking.

> –I couldn't do what I wanted in <u>Husbands and Wives</u>. The director repressed me.

–Lame excuse. He was the director.

–What he meant is that he didn't think it's his best work. I agreed.

–I have writer's block and you're making it worse. You're dreaming my fears. You know this isn't my best work.

–It wasn't you, it was Woody, and he was relating to me, in confidence, about his work.

> –Cut!–Woody said.

–Just like the one Paco Pepe had with Fellini.

–You always want to one up me.

–No, really, he dreamed Mastroianni and Fellini were strolling down La Strada and Fellini was saying:

−Marcellino, pan y vino, qué vamos a hacer
ahora. Ya lo he hecho todo. Pero tengo que
seguir.

You should have seen his face−drained, pained. He was wear-
ing Guido's hat from *8-1/2*. The roles were swapped. Paco
says Guido had the face of Fellini, Fellini the face of Guido,
except that Guido wasn't suffering like Fellini. Then out of
the blue un verdadero grillo verde que tú conoces salió brin-
cando.
  −What's a grillo verde.
  −Una esperanza.
  −Hope?
  −Un grillo verde que brinca y salta. That insect that
brings good luck.
  −A lady bug?
  −Is it long and green?
  −Oh, you mean a grasshopper.
  −And you know what?
  −What−what?
  −When they examined the grasshopper, it had my face.
Era yo. Paco Pepe me dijo que yo era la esperanza de Fellini.
I was so happy when he told me that dream.
  −I didn't tell mine right. It was epic.
  −Go ahead.
  −Ya me quitaste el deseo.
  −Scenes repeat themselves. Tell it again.
  −Why?
  −Because you told the story wrong.
  −I wasn't done.
  −Go ahead. Start at the World Wide Plaza.

-It wasn't at the Plaza. It was in front of Rizzoli's.

-Yes, but there is a fountain in front of the Plaza so you can make the train run circles around it until we break the neurosis and take us out-out.

-Faith DeRoos, ¿sabes quién es Faith DeRoos?

-No, no sé quién es.

-Fue mi maestra de español. Con ella fui a la Edad Media. Apareció en el sueño con sus tacos altos rojos finitos, y su pelo negro rizo y largo como la peluca de Cher. Estábamos en Inglaterra, y tú querías transportar un castillo a Nueva York, con una grúa inmensa, hecha de madera y ruedas de piedras. Tenía muchas manos para agarrar y mover columnas y rocas inmensas.

> *-So that's how Stonehenge got here-*I thought-
> *Yo no sabía que tenían tantas machinas back then.*

Faith y yo estábamos rodeados de unos monjes medievales que tenían unas caperuzas azules, y unos flequillos como los de los Beatles, y unas barbas rojas, masking their whole faces like Paco Pepe's. Droves of monks were loading the stone tablets and wooden beams onto a boat. Tú estabas al frente diciendo:

> *-Heave-Ho-Heave*
> *-She plans to crown the World Wide Tower with the castle.*
> *-Nunca me dijiste-*Faith said-*que es una loca. Cómo se va a sujetar este castillo encima de ese triángulo.*

Pero cuando miré arriba, ya tú habías quitado el triángulo.

> *–Tengo la punta de un lápiz para hacerlo. Voy*
> *a dibujar con toda mi maquinaria encima de*
> *ese cuadrado rosado, tan inútil y tan gordo.*
> *Forces of this rockety earth. I need the past*
> *and the present to make it work. No more*
> *doubts about myself. I'm making it right now.*

Lo próximo que supe es que Faith y yo were on a wagon cargando sobre nuestras cabezas, como si fuéramos las columnas, todo tu castillo. Fireflies were swarming around us. Y el castillo se movía para un lado y para otro.

> *–Vengan, enciéndanse–*tú gritaste.

Y balanceaste tus manos, llamando con ellas una manada de caballos galopando al trote de un paso fino, y sin relincho, con rayas negras y crines rosadas, enseñando la marejada de sus dientes. **Tacatá-Tacatá.** Y entonces un camino redondo, una escalera de caracol, encaracoló todo el cubículo del World Wide Tower. Faith looked at me con el rabo de su ojo–the castle swaying on our heads–about to collapse–about to crush us to death. The wagon jutted and a loose beam came tumbling down y toda la estructura cayó perfecta en su lugar. I knew he was going to use our scene. Bright white lights went on, the crowd dispersed and the crew started climbing down scaffolds and girders. Woody turned around to see who had changed his pace. He was panting and sticky, with his face blotchy red. Esperaba que estuviera fascinado. Fellini se hubiera enamorado del runaway train.

*–Who invited you?–*he said to you–*You
ruined the whole scene. I'm not talking
to you because I want you in the film. I'm
here because I want you to write reviews in*
Newsweek *on my work.*
–I don't know how to write reviews.
*–It's as smooth as nail polish. One of my assis-
tants will teach you. I offered the job first to
Leen, but Leen wanted to write about Olmo-
Olmo, and I said, Oh, no, no Olmo-Olmo, you
can only write about me.*
*–I told you, I don't know if I can do the job,
but I'll try. If not, my translator will do it.*
–Are you still writing poetry?
*–I'm writing poetry disguised as a novel–*you
offered apologetically.
*–There are no disguises here–*I said–*She's
writing a screen play.*
*–A screen play!–*he said. *Ya know–*he pointed
at you–*ya know wha-what you are?*
*–Me?–*You shrugged shyly.
–Ya, ya know wha-what you are?
–Wha-what?
*–You're a, you're a pentagram–*then he
pointed at me–*and you, ya know wha-what
you are?*

I rolled my tongue again–**oops**–frenó en el paladar–déjame
parar–a ver si para–**oops**–frenó en el paladar–la lengua
motada en la cólera de su frenillo.

Frenillo. Ponle freno a tus estribos.
Hold your horses–frena los caballos–
Hold your horses–relinchan los caballos–
*Hold your horses–**Whuiiiiii**. Stop.*

–Ya know wha-what you are?–he sta-stammered–*You're a, you're a **Yo-Yo**. ¡BOING!* Choqué contra el techo y me desperté. *Wow*–this is night. Silence reigned over the house. All the kids were asleep except me. I looked around the moonlit room and saw my rocking horse in the corner and a glowworm by the door. Somehow I climbed over the bars and landed belly up with my head thudding against the carpet. I crawled downstairs backwards, following the wizardly mumbling coming from the kitchen where my parents were arguing at the table. I stood up at the door and waved.

–Mírame a mí. Mírame a mí.

–My mother took one look at me and screamed.

–¡Un gargajo!

–I was so scared I scrambled upstairs on all fours and climbed into my sister's bunk. But I showed them who I am. Notice me now. How I dared down the dark stairs crawling into a fight. Sure they noticed. None of my brothers ran into the traffic of the night and sent my mother into a fright.

–I guess it's like when you least expect it, in the middle of the night, in the streets, near a dumpster, a mouse appears. You scream and in a flash the mouse disappears.

–I first appeared in <u>Kalooki</u>.

–You played a seal, didn't you? I can imagine you balancing a beachball on your pugnose.

–There were plenty of silly animal tricks, but I landed a role that nobody dared.

–Nobody wanted.

–Kalooki tried to fly like a bird, but never pulled it off. Leopard Seal flopped and flounced around, but never left his rock. But me, I crossed the whole ocean, inch by inch, belly-crawling across the rug so gracefully, so quietly nobody noticed I was moving. I not only gave setting to the play, I gave a dwelling to the penguins.

–You let them step on you?

–On the quilt covering me. Such fierce concentration did I exercise that neither squawk nor squeak did part my kisser when Kalooki stepped on my fingertips. It was a humble role, but the power behind the play.

–Dog or woman?

–I didn't bark or scream. I became what I had to become, an iceberg. Unable to see what the animals were doing, I was minding my own business, the business of crossing the whole ocean without melting, even though I was sweating like an ox. When the curtain fell, I was the one who went the far-thest and accomplished the most. They clapped and hooted when I emerged pink and soppy, bowing: *Here I am.* Then I cartwheeled across the stage.

–Reminds me of when Jabalí and I drove through the mountains and there in front of us was an icy river.

–What's this got to do with Jabalí?

–He used to fish in that river.

–What's this got to do with me?

–He sat on a rock and fished with a needle and thread.

–How pathetic.

–How poetic. The fisherman and the iceberg. To know that my Pipo saved all those penguins from drowning. What a tender guy. When I looked into Jabi's eyes I used to see el hilo verde de la esperanza, until I started feeling I was his rag and he was sticking needles in me.

–Wait till you feel my iceberg melting in your ocean.

–I prefer a fire burning in the heath of my house.

–Tú te crees que eso es algo. Ay, bendito, deja que te cuente cuando la abeja me picó el pie. Yo iba, feliz y contento, skipping barefoot about the farm–away, away, away from my chores–when happiest I felt, zzwapt, rapt.

> *–Oh, my heel, and now I'm cripple, maimed*
> *for life.*

Hopping, hobbling, what do I see, a wading pool full of back-swimmers and tadpoles, leaves and twigs, charco mugriento de vegetales, onions and carrots. My imagination was stewing.

> *–Soup, soup always makes me feel better.*

Schwapt. I swished my foot around in nature's brew, wiggled my toes into the mud for sting relief. By sunset, the arch of my foot was swollen, itchy and bulging like a sand packed balloon, infected by parasites in the rainwater. Sweating, I was thirsty. I saw a hose spurting crystal cold water.

> *–If I go in the house now–I thought–Mom will*
> *take me to the hospital. I'll sneak in at bed-*
> *time. I'll be fine in the morning.*

Metí una manguera en mi boca–and gulp, gulp, sploosh–ahogado en mi garganta–glup–came a glob, a frog–a tender tadpole which I swallowed whole. I dropped the hose, realizing it was scum water my father was siphoning from the pool. A queasiness overcame me. Saltó el guzarapo, glup, me tragué el renacuajo, y seguí andando como un sapo.

–¿Por qué andas con escorpiones si eres un sapo?

–Me hacen cuestionar, dudar, todas mis bases.

–¿Sabes lo que el escorpión le dijo al sapo?

> –Sapo, estamos aquí, en la orilla del río. Me gustaría cruzar el río.
>
> –Yo no puedo darte pon, escorpión. Me morderías y nos ahogaríamos.
>
> –Cómo haría eso. Yo me hundiría contigo.
>
> –Es cierto. Móntate en mi caparazón. Vamos a cruzar el río.

Guess what happened, in the middle of the river, el escorpión mordió al sapo.

> –Por qué me mordiste. Now, we'll both drown.
>
> –Why did you let me? You know I'm a scorpion. No puedo cambiar mi naturaleza.

Eso te pasa con todos los escorpiones, y siempre caes en sus trampas.

–Anoche soñé que yo estaba echándole viento a tu ano, y tu barriga se inflaba, y tú te elevabas de la cama, te elevabas, chocando contra el techo y rebotando contra el suelo:

–¡Déjame irme por favor! Crack a window.
*–No cabes por la ventana. ¿Quieres que abra
la puerta?*
–No puedo decidir. Soy un globo.
*–If you let me tie un cordón por tus tobillos,
I'll take you out the elevator. Así. Qué bella.*
–Salte, salte de mi pata.
*–I can't let you go sin mi cordón. Si sales
volando, a plane could hit you. A beak could
poke you. And you'd burst. Es la inspiración,
negrita mía, es la inspiración.*

La inspiración es como la muerte. Tú no puedes llamar a la
muerte. La muerte te llama a ti.

–Puedo tentar a la muerte y puedo provocarla. Es un
silogismo falso lleno de huecos. Y qué hago yo con los huecos. Tengo que rellenarlos. O hacer un hueco más grande.
Pero dentro colocar otro hoyo que sea el hoyo de la inspiración. Deja que el viento se cuele. I'm waiting.

–And I'm telling you. Nos elevamos los dos o nos caemos
juntos. Pero no me vas a tumbar al suelo after you've given
me wings. After all, I was minding my own paws, stalking
a mouse, ready to pounce, when whoosh–you decended to
steal my meal, and I grabbed the mouse, and you grabbed my
tail, and up we went in the mountains–there where you feel
freeee. The moment you swooped me off my feet, we became
one being, a new creature, half feathers, half fur.

–A grim plight for the eagle's flight.

–She may not soar as high, but she'll never go hungry
with four more sets of claws.

–Pero no puede volar, míralo. Se cansó de volar. Vienen para abajo.

> –*Sorry, but I've got to drop you.*
> –*I'll claw your guts out, and we'll go down together.*
> –*Es que no puedo volar tan alto.*
> –*Get used to flying lower. You're not an eagle anymore. Eres un portento. No tienes par.*

Qué estás haciendo. Sentado en mi escritorio. Con la banda blanca por la frente. Escribiendo en mi papel amarillo. Con mi Mont Blanc de oro. Con un chicle en la boca. Y también sacando la lengua como un gato saboreando la leche en su mostacho, como yo, tanto que me la criticaste. A ver. Sí. A ver. Qué más vas a imitar. On the sneaktip. Yo escribo y te lo enseño para que tú me lo corrijas. Pero tú escribes, y lo escondes–para que yo no lo vea. Pero cuando voy a escribir me encuentro con las huellas de lo que tú escribiste en mi papel. Eres tan autónomo. If you're not imitating my style, then why are you scrawling on the sly? I want you to write, but show it to me.

–I already learned my lesson. You say:

> –*Com'on, you can trust me. What's both-ering you. Sácalo de tu sistema. No seas como Brascho. Se quedó con todo por dentro y se murió de Sida. Te vas a enfermar. Dime.*

Entonces te lo digo y te vas corriendo a tu escritorio a robar mi vida.

–You're the sneak. Your father is sick and I ask you:

> –*AIDS? Cancer? Come on you can tell me.*
> –*Asbestos in his lungs. He is undergoing examinations.*

Weeks later I ask you:

> –*What's he got? The results must be in by now.*
> –*They don't know.*

Of course they know. It's AIDS or cancer. You just don't want me to know. Privacy. Whispering on the phone. Writing behind my back. And good reasons to write. You're father is dying. My brother is already kaput. I wish I were suffering. No puedo escribir sin tener un exacto incidente que me haya afectado. Tú ves, cuando te intentastes tirar por la ventana, that was something. O cuando desnudos en la cama galopamos, sacando el máximo. O cuando se murió mi hermano.

–Escribir no tiene que ver con eso.

–Tiene que ver con esto. Lo que dijo Cézanne. Pero no te escudes bajo el poder de Cézanne. Crea el tuyo propio. Como cuando Xana dijo que tú estabas escribiendo ejercicios. Dijo, si mal no recuerdo:

> –*Fíjate, lo que dijo Van Gogh, es mucho más profundo de lo que te sospechas.*

–Ella había olvidado, por cierto, que fui yo quien le recomendé leer Las Cartas a Theo:

>–*¿Qué dijo Van Gogh?*–le pregunté a Xana.
>–*Piénsalo bien, mucho más profundo. Cuándo acaba un ejercicio y cuándo comienza la obra.*
>–*Yo no hago ejercicios, Xana. Yo sé lo que son los ejercicios. El ejercicio está por debajo de la realidad. La obra never. Entiendes. Hay una gran diferencia. An exercise is a scribble.*
>–*Un poco de humildad*–me dijiste tú. *Deja que Xana hable.*

Traidor, ¿por qué le diste la razón a ella?
>–Yo sólo dije:

>–*Déjala hablar.*

>–*Let her talk.* Sure, and if she had a gun, you'd say:

>–*Let her shoot.*

My insecurity, my pride, my work–so much work, for what?
>–She said: *The future is yours.*
>–And I should have answered:

>–*What future. What future. If there is no present, there is no future. Some day, you'll establish your authority not by taking Van Gogh out of context, but by sending me into orbit.*

-Te sacó de quicio.

-Me quitó las ganas de seguir escribiendo.

-Mal de ojo.

-She watched me drown with Elena Caridad, Giuseppe Impastato and Nancy Díaz. Three years into the <u>Novel of Gemma Sender</u>, and you never told me the truth. You let me show it to Paco Pepe, and it was he who pronounced it dead. Now Xana, knowing my grief, tries to convince me that this book is sinking como Atlántida y el barco famoso, oh, I forgot the name of it, my memory is capsizing.

> *-Xana tiene razón*-dijo Paco Pepe-*There are scribbles that are works of art.* *¿Cuándo empieza la obra? ¿Cuándo surge el milagro?*
> *-¿Y lo que Mona hace, son ejercicios?*-pregunté.
> *-Sí, lo son*-respondió Paco Pepe.
> *-¿Y lo que yo estoy haciendo?*-le dirigí esta pregunta a Xana, indefensa, esperaba con toda la pasión que me aterra su respuesta.
> *-Falta ritmo.*
> *-Ritmo*-dije yo-incrédula.
> *-Ay, bendito, es la apertura a un mundo nuevo. Y yo lo veo como un principio.*

Y me dio un beso. ¡*Ay, bendito!* ¿*Un ejercicio?* Yo sé lo que es un ejercicio. Un arrepentimiento. Significaría otro fracaso en mi vida contigo. Y no creo que lo sea. ¿Qué tú crees?

-¿Qué cree Mishi?

-Que era académico.

-Tú ves, y no mencionó a Van Gogh.

–No lo necesita, es francesa. Tiene la autoridad de la revolución, o de je ne sais pas quoi.

–A la verdad, que todos tus amigos.

–Si los dejo me hunden en el fango. I can't trust my friends, and my apprentice less. Acabo de ir a donde una bruja, y me las ha confirmado, mis sospechas. Cómo puede ser. Yo soy una ilusa, creyendo en ti.

–¿Qué signo es?

–Geminis.

–Él te quiere más a ti que tú a él.

–Él me adora.

–Tú lo vas a dejar. Tú has dejado a todos tus hombres

–Ahí tienes. Y tú le crees a esa bruja.

–Ahora estás más llena. Pero en marzo y abril pasado, yo te vi muy vacía por la indecisión, de no tener trabajo. Te gustaría tener tu trabajo. No depender de nadie.

–A mí no me gusta trabajar.

–¿Y qué crees de Damián?

–¿Qué piensas de mi libro?

–Me gusta más el anterior. A este todavía le falta. La construcción falla.

–A Damián, mándalo al diablo.

–Yo no mando al diablo, mando a Dios. El tuyo tiene sesenta años, verdad? Y es médico o abogado.

–Abogado.

–Since when am I an attorney.

–Pudiste haber sido. Las psíquicas indican, y tú no las puedes intimidar, le tengo que dar la razón para que siga dándome claves. She said I'm empty. Lack of inspiration. Lack of love. Depending on your mush and gruel. And that's why Empire of Dreams was better. I was an island unto myself.

–Has she read any of your books?

–She doesn't need to read them. Desarrollo del olfato como los bloodhounds. She knew Geminis cannot be trusted. And she was right. I begged you not to tell Rey and Leen that Makiko was trying to break them up. Don't you know how superstitious they are?

> *–I don't want you so close anymore.*
> *–Why?*
> *–All my friends are very serious people. You are not.*
> *–Why? What have I done?*
> *–Insidious gossip.*
> *–What gossip?*
> *–What's this about Makiko pickling Leen's picture under the sink.*

My eyes blinked. I was accused of your gossip. I couldn't defend myself.

–Why not?

–I can't treason you. I should have said:

> *–Come on, Rey, I don't know anything about pickled peppers.*

But the fact was that I knew about her black magic. I thought it was rotten of Makiko. But I was never going to tell Leen.

–I wanted her to know. So did you. You even said:

>–*If Leen only knew. I wouldn't want to be buried in salt.*

–Where is your face when you talk to Makiko?

–What are you worried about? Makiko has no power.

–I was watching you whispering to Leen. *What is he doing?* I was a little jealous. Now, I lost three friends.

–You lost them, I'm sorry.

–With that smile.

–I'm sorry.

–You wouldn't have to be sorry if you would curb your tongue. You're going to die through your mouth like a fish.

–¿Y qué tengo yo aquí?

–Nada. Aquí no hay nada tuyo.

–I wonder. No hay nada mío.

–No hay nada tuyo. No es tu casa.

–No hay nada mío.

–Keep repeating.

–Ask Grita.

–Grita puede gritar todo lo que le de la gana.

–When we moved, you know what she said:

>–*How many rooms?*
>–*Two.*
>–*Two for her, I bet. You'll have the walk-in closet.*

–Shall I quote my mother.

–Go ahead, she loves me.

–I'm tired of third parties picking the bones.

–She said, she said:

> –*Aren't you glad she isn't here.*
> –*Who.*
> –*You know who.*

She was relieved you stood us up. She said you would have called us sheep heads.

–Frivolous bitch. I can't get her squealy giggle out of my ears.

–She thinks your laugh is too deep.

–And you dare to tell me what she thinks. If your mouth weren't so big you'd choke on that long, forked tongue of yours.

Tú me estás haciendo mucho daño porque lo hubiera escrito muy bien si tú no estuvieras aquí jodiéndome la vida.

–I was laying quietly in bed

–I told you:

> –*Get the fuck out!*

You know what it does to my mind. In the middle of a sentence. I heard the bathroom door. Mumbling. Splashing. I was curious. I had to know what you were doing. Of all times to wash your socks. I couldn't concentrate.

> –*Get the fuck out!*

–I got the fuck out.

–I was flustered by Xana, Paco Pepe, Leen, Rey, you and Mona.

–You forgot Jabalí.

–Never. I have you to blame now, and I shouldn't have to feel guilty because you left. So what, I felt good, I could write, and bad, too silent, It was coming out wrong and I was feeling lousy. Not guilty. Pissed. No explanation. Okay. I hate excuses. Se enreda la soga. Y no hay salida.

–De pronto entro al baño y me encuentro contigo.

–No puedo. No, no puedo, ni con la cáscara, ni con los juguetes ni con los antojos. Tres años perdidos con la monja impostora, el mensajero de Dios and the bag lady and now this. Soy un fracaso–y no me puedes decir que no fuera noble mi intento–tocar el sol, y mis alas de cartón–se abrían y cortaban el aire, y lo mecían. Y la ilusión contra el suelo.

Tú tirada en el suelo, con la kika abierta, rizada y negra, espatarrada. Nunca te había visto tan visceral en tu lamento. Larga y tendida, boca arriba, con las manos abiertas, revolcándote de arriba abajo. Tu ombligo un pozo muro de lágrimas. Los ojos hundidos llenos de mascara y azotados, blank, but fixed, mirando el hueco del grifo que los llenaba de gotas.

–No te das cuenta. Lo que significa. Llegar al límite y encontrar un vacío. No es, no, no, no.
–Hazlo de nuevo.

–¿Para qué seguir empujando? ¿Para qué ilu-
sionarme?

Y de pronto miro al inodoro, hundidas dentro había tres
caquitas bobbing in a chain. Yo las miré. Y te miré a ti.

–Mira, Kika, mira qué linda.
–No. No.
–La linda caquita que tiene el bebé,
qué linda, qué linda, qué linda es.
–No puedo. No puedo.

Thrilled, me encorvo con el dolor de las tripas craquea-
das, por dentro suenan clavos, tuercas abiertas, pelotas, mi
caquita se ha convertido en un regalo de su amor. Me tiene
que querer. No le da asco mi caca. Me levanto. Veo que tú
entonces la tiras contra el inodoro, splash. Yo abro mis brazos y te abrazo.

–Tú crees que salga bien.
–Está bien. Deja que se cocine. No seas
impaciente. Mira lo que le pasó a Orfeo. No
se aguantó y la perdió para siempre.

–Tú desnuda. Yo con mi abrigo verde tirado sobre tu
cuerpo frío.

–Se te han quedado grabadas en tus nalgas
las huellas cuadradas de las losetas.
–En mis nalgas no, en mi mente.

–Y después yo me senté bien en el centro de mi cabeza, bien por dentro, en la misma profundidad en que estoy metida desde que contigo me encuentro tan fría y caliente, tan extraña en mis entrañas, con el culo desnudo sobre la madera de la silla, y los pezones rozando los bordes del escritorio, y distraída, sacándome una cascarita vacía y blanca y amasándola con mis dedos:

> *pienso*
> *uno*
> *escribo*
> *dos*
> *este fragmento*
> *tres*
> *Uno*
> *dos*
> *y tres.*

Y entonces cuando el mentón choca contra el cuello, el brazo se mueve solo, va rayando las líneas, mi estómago está estragado, una burbuja se detiene y vacila, no sabe, la misma burbuja tiene un pensamiento propio, esto lo sabe cualquiera que no tenga control, siempre hay un instante en que indecisa vacila por las paredes del estómago.

> *Yo tengo una bolita*
> *que me sube*
> *y me baja.*
> *Juan,*
> *Pedro,*

Gratitud,
el del pedo,
fuiste tú.
Gracias a Dios que salió,
se tomó su tiempo,
pero por lo menos,
se liberó.
Gracias a Dios,
libre de ti,
pedo,
por fin:
Plum!
Ay,
ya,
ya estoy,
y no me quejo,
libre,
sin ataduras,
ni remilgos:
Plum!

Y de repente lo recuerdo:

−Pon, pon,
el dedito en el pilón

They always made me laugh even though I knew they were
teasing me.
   −¿Quiénes?
   −Mi madre y Brascho.

–Pon, pon
el dedito en el pilón

Telling me where to stick my finger when I didn't feel like playing. Controlling my moods. And you handing me my own caca as if it were a bom-bón. I had to laugh, I couldn't help it, fue tan visceral como el llanto. Y esto es exacto lo que amo de ti, lo inesperado y lo abrupto, lo que me saca de mi periferia, y lo que me hace salir de mí. Me lo voy a robar. Lo necesito urgentemente.

–What an annoying baby. All he does is piss and cry.

–Pero yo lo necesito de otra forma. Pienso en el puerquito que Alicia toma en sus brazos. Ella se cree que es un bebé. Con su chata nariz. Ese es para mi Rocamadour. Lo tengo que robar de <u>Rayuela</u>. Es mío. Es mío.

–Está muerto.

–No importa. Es mío. La ofrenda para el altar de escritores. Yo voy a coger a Dulcinea en mis brazos y tú a Rocamadour.

–Un puerco y una perra. Muertos.

–No, vivos, vivos en la memoria. En el fuego de la ilusión vivos.

Rocka my baby
on the tri tad
when the come baby
cris o win blow

I feel the wind swagging me away, away, away. My head is blowing, growing–on the verge of exploding. I feel happy–so,

so very happy. I hear my friends laughing. When I inspire
the wind, I inspire myself. I want to inspire myself. Hang in
there. Let me see. What else can I do.

> *Darme un orgasmo–que se cuele por el inte-*
> *rior de mis*
> *canales y que me haga una fuente, un crepús-*
> *culo, una ola,*
> *un túnel, un puente y una vaca.*

Muuuuuu.

> *Darme un orga-nismo que me toque las*
> *negras y las blancas, las*
> *corcheas, y hasta las que desenclavo–clavija–*
> *clavo–don't they sound like the root of...*
> *I mean, every wonder has a name,*
> *even when I wonder I my name. What else?*
> *Ah. What.*

*It all depends on how the intonation, even the excitement–how can
I inspire you. How can you–**mooooooooooo**–inspire me. Nothing
can be inside the heaven–bola suave–mastur–mastur–ba–tion–I
write it–how else–I sing the bo-o-la-un bollo de pan–amasa su
cantimplora en el nido del huevo que canta la ruiseñora–common denominator–of a flowing going around–non-stop estupe-
facto–sopor–la lechera de Burgos–after the black paintings*
>   *down*
>   *down*
>   *down*

I feel an up–Merry go round
You drive me crazy
Do, re, mi, fa, ti, do
You love me like I love you,
myself is you, my you is me yo
my yo is myself, you my yo, yo boing.
Choqué contra la montaña de tu sexo,
Lo froté contra el mío–rubbing around–
mounting heavily–double di lu-lu-lu-bu-ru-and I under-
stood
    disturbed
    but pleased
rest in peace, myne be, got be, the heaven, mountain it–mounting in it, it comes, around–again–I know who it is. It's him.
The meow, meow, meow, he smells the same way the miau,
miau, miau, I know him, do I love him. I don't know.
    He makes me be my happy, be myself
    He makes me feel do, re,
    Mi, fa, ti, do
    Non stop–double double du
    Bon, bon
    Cara, cara
    a la inmortalidad
    el conejo mota blanca
    de cordero lanudo
    entre las motas de
    mi sexo entripado
    en su orga–
    nimo–anímo–anímo–
    me ánima–
    y la roja entera–sonrojada en su caricia

tan tocada en la roca roncha–grande–
la nota blanca y la roja y la corchea
manchada de tinta negra
en la roja tocada por el centro
y de refilón en el pulgar
y el meñique de la frente
si es que la siente
en la frente
zappa–plsssfsht
y ya me quedo contigo
porque no puedo sentir
lo que contigo siento
cuando sin ti lo tengo
contigo me siento
menos yo
yo myself
alone
for you
darumbamba
darumbamba
bum
plum
um

¿Lo cogiste?
  –Se me fueron algunos puntos.
  –Entonces qué pasaría si me quedo ciega.
  –Si te quedas ciega, then it's over, baby, all over.
  –Why, ah, why. If Milton wrote when he was blind. And Borges wrote. And they say Homer was blind. It's memory,

not sight that matters. As long as I have you to transcribe my inspiration.

–The wind blew too fast.

–How is it that I can capture the wind.

–Then why didn't you write it down?

–You have to practice. You weren't even close to what I said.

–I was editing your repetition, your mispronunciation.

–You have no right to transform my words, especially when I am dictating what I'm hearing from the blind. Just write every word I say. That's kairós. That's what I do. I'm just repeating what I hear. What authority do I have. None. Whatsoever. And now, less, that I have you. Now I can lay down like the dead and wait till you make the writing work. The misspellings and the nuances, after all, what do I care, I see in them, your future trademarks. You are going to be, by all means, an original.

–*Don't steal my thunder*–Mona warned. But I had already taken her phrase:

> *arrested*
>
> *arrested*
>
> *libido*

and made it mine. She had explained that arrested meant *delayed, retarded*, but I thought *arrestada*, like *confined, imprisoned, like halt, you're under arrest.* She tossed and turned all night, worried that I had stolen her thunder, and literally I had. I stole her thunder and her arrested libido.

–And think of all the stories you swiped from me.

–Why should I have to defend my thunder. Ask Dalí how many thunders he stole from Lorca and Buñuel from Dalí and Lorca. And Picasso from we don't even know how many, he himself a thunder thought no credits were to be given to Nobody. He himself his own thunder became a creditor with so many debts. An here you are telling me stories, knowing that I'm going to swipe them.

–Stop picking your toes.

–Hay mucha tela que cortar. Si me saca sangre, y se me hace un hoyo, como, como, como una cueva, me excita más. Go on.

–Let me tell you about what happened to a young man who married a very wild, unruly wife. Everybody, including her own father, begged him not to marry her. At the wedding, they pray for the poor sap's life.

–He's a lazy gold digger, she'll bury him alive.

On the wedding night, Hubby asks his dog for a glass of water.

–A Dulci

–No, the dog acts more like Otti, cocks his head and stares at him.

–Hey, you, Mutt, I said I want a glass of water.

Dog does nothing, guy pulls out sword, wack, off with the dog's head.

–Hey, you, Pussy, water, now.

Not a meow. Hubby grabs the cat by the tail and cracks his furry lil' head open against the door. Horse and wife look at each other, apprehensive, of course. Wife thinks: *nah, not his horse, he wouldn't kill Stud*–it's like blowing up your own car, uninsured that is. Slowly, he paces toward his horse, and with his bloody hands, he wacks, wacks, wacks the head off his own bloody horse. He turns to his wife.

> *–Water.*
> *–Immediately, water, here.*
> *–Supper.*
> *–Immediately, supper, exquisite, delicious, here.*
> *–Now hussy get to work. I'm going to bed. Don't disrupt my sleep.*

The honeymoon is red dead silent. By daybreak the whole town is stunned to see the wretch obedient, especially her father who runs home and stabs a rooster in front of his wife.

> *–Too late you ol' fart. Beheading a herd of horses would do you no good. We know each other too well.*

Style is set from the start. Do I have to explain.
 –This one is about the structure of fantasy:

> events–what happened
> laws–how it happened
> origins–where it came from

–I guess from Cantos de Vida y Esperanza:

Y no saber a dónde vamos
ni de dónde venimos

Ínclitas razas ubérrimas. La U ubérrima mía viene de Darío. At least I know, but who knows.

–There's this fine fellow, Doctor Z, who was in love with a little girl named Amelia. After globe-trotting in quest of truth and knowledge, he returns to Buenos Aires and visits her house thirty, forty years later. Potbellied and bald, the good doctor finds Amelia's sisters, wrinkled and gray, shrouded in an aura of mourning. He fears Amelia must be dead.

–Ouch!

–No te conformas con la del pulgar, ahora la del meñique. Busca toilet paper. La cama se va a embarrar de sangre.

–Continúa. Ouch, me duele.

–Limpia aquí.

–It already soaked through.

–Límpialo.

–Sigue.

–In frolics a little girl, the spitting image of Amelia. First, Dr. Z thinks it is her daughter, but no, it is Amelia, the very girl who stole his thunder. She stayed the same. Innocence is not lost.

–Ask Proust. En busca del tiempo perdido.

–Darío says the opposite. She never grew up.

–Maybe, in his mind's eye, he saw her as a little girl again– although she was older, although time had passed–because he felt the same relentless passion towards her. And she acted the same way. To repeat the scene.

–Magic realism. One of the ways of stopping time.

Realism–time runs and people age.
Magic–time stops and people stay the same.

Darío called it *looooove*.
 –I call it *trrrrrrrueno*.
 –Repeat after me: *thunder*. The tongue behind your teeth: *Th-under*.
 –Don't steal my th-thunder. I really love the phrase. As if a thunder could be stolen from the map of the universe. As far as I know, it's a phenomenological thunder.
 –Okay, but she thinks it is hers and you are using it as yours.
 –I'm reproducing her noise.
 –It sounds different.
 –So.
 –As I said, you're stealing the language.
 –Ostriker.
 –Frozen serpents, she said.
 –I can say whatever I want.
 –Where are you from?
 –The world.
 –Russian?
 –How did you know?
 –I could have sworn you were from one of the islands. I'm from Jamaica. I was the #1 runner in my country. A hero. I ran in the Olympics. I went the distance, but coming from a small island, I didn't have a chance.
 –Don't blame your island. Napoleon conquered the world, and he was from a colony.
 –So you're from the islands.

–I was once a tennis champion, but I quit. No more tennis. Now I write poetry.

–Once a champ, always a champ.

–Yes, once you learn to be consistent–to endure–not to lose hope or patience. I had a lover who told me that I'm intense, but of short duration. He underestimated my stamina.

–Why do you have to bring Jabalí into everything.

–I was in a park, with a bunch of friends, at night. And we were goofing around, my friends and I. Some fellows came by, and we started shaking branches, furiously, cackling and screeching like the devil.

–Ca-ca-ca-ca-ca-ca!

Off they scrambled in pursuit of mercy. Another fellow came, and we did the same, and gone was he in a cloud of dust. Next came a family. The proud father walked ahead, and behind him the mother with three small children. We thought for a second that maybe we should not frighten the little ones, but we could not help ourselves.

–Ca-ca-ca-ca-ca-ca!

The man bolted, coward, but the woman, brave woman, did not run, she stopped–gathered one, two, three crying children and then ran off. Where was the father? Gone. It showed me how much stronger women are.

–Some and some not.

–Maternal instinct

–Some and some not.

–My mother did everything for me.

–I bet she didn't do everything for your sisters.

–True.

–You know why? Because when women have sons, they think it's their turn to be men. Or to exercise power over these men. Have you thought about your sisters? I bet they were as talented as you are. Of course, you exalt the courage of mothers, like yours, she invested everything she had in you.

–You look like Giulietta Masina. I heard she died. She couldn't last without Fellini.

–I am their daughter.

–They had no children.

–If they had, it would have been me. It's so tragic that we should be born of the wrong parents.

–You never know. You might have ended up with a terrible complex like Victor Hugo's daughter.

–Cold, callous children of Republicans, that is what they are. What we have in common is that we are misplaced in this bloody country. Because of a tragic love affair, we have to teach in these dreadful places where there are no friendships, my darling. We are always at a loss. We were meant for the theater, my darling. In England, I have always told Sarah, there is no dreadful competition among students for grades like those cold, callous children of Republicans who have an accident, and the only one wounded is my Sarah, and they are afraid that I will sue them.

–You should sue them.

–I should sue them, reckless, cold, callous children of Republicans.

–Not just Republicans, Americans.

–Is that what you have found, my darling? I have always told Sarah, and that is what you have found, my darling, reckless, cold and callous.

–She is the most poetic human being.

–With a tragic sense of reality.

–We are misplaced. They did not even ring me to tell me what they did to my daughter. A tragic twist of fate. *Clorox*, I will never forget opening night in Paris, when the leading man drank champagne from the glass in his hand, and cried: *Clorox!* Then I swallowed, and cried: *Clorox!* That was the twisted night of my fate.

–Baudelaire would have fallen in love with you.

–No, he liked helpless, weak women.

–But you are helpless. Bring Sarah's x-rays to a specialist in New York and see if her bones are healing properly.

–I'm a widow–no compassion for a widow. They write letters to the driver, those reckless runts–*thank God nothing happened to you, Marla*. No mention of Sarah who is in a body cast. Now, what type of friends are they? No manners, no continuity. *Thank God nothing happened to you, Marla*. And their parents are telling them shoo-shoo away from Sarah, she might sue.

–You should sue. Hospitals will suck you dry. If Marla ran the red light, Marla should be held accountable. That is what insurance policies are for.

–In Oxford nothing like this would happen. Wolves, instead of seeing a beautiful girl, they see blood, meat. Damned Americans, I cannot believe we created this monster.

–Well, as Goya said, el sueño de la razón produce monstruos.

–And science created Frankenstein. How much longer will I be able to stand this bloody country without collapsing. I'm a widow. Often, I often wonder, what would become of her without me.

–I would take care of her.

–And who will take care of you. All she longs for is continuity, friendship. Sarah is half British, her manners–and it is clearly a matter of manners–for we are the makers of manners. Often, I often wonder, how can manners exist in a country without continuity.

–They can't.

–So that is what you have found, my darling. Instead of appreciating beauty, courage, intelligence, they drool for blood. I must carry her back to her roots. Although she plans to bring the Globe Theater to this cold, callous country where I have rooted myself–for an ill-fated roll of the dice. That is what we have in common. We are misplaced. It is all so frightful, so fragile. My darling, how can we live?

–Todo pende de un hilo.

–De un hilo. How do we bear such burdens?

–Mira, Chipi, again, they did it to us again. The red stamp. 15% gratuities included.

–Why is the tip included on the bill?

–I'm sorry, I thought you were tourists.

–Tell me, where am I from?

–I'm sorry. I really don't know.

–New York.

–You were speaking Spanish.

–New York speaks Spanish. I want to know what is the criteria for determining who are tourists.

–It's up to each waiter. We're bound to offend some people.

–Who. You're not worried about offending Spanish speaking people. Everybody gets the red stamp, or nobody. I'll write to The New York Times about this establishment.

–Our apologies. We'll return the tip.

–That's right, missy, no tip because of the discriminatory policies.

–Our apologies. Cognac on the house.

–You're always yackity-yacking about discrimination and now you're suddenly at a loss for words?

–Yes, because you're cheap. It's discrimination against stinginess. Look how you're dressed. Tattered jeans and sweat socks. Have a sense of reality. We shared a dish.

–It's not a matter of money. I'm a very generous tipper.

–At least now we get cognac. You were counting pennies, and I was hiding my face. I don't have make-up on. What if somebody recognizes me. That's why I kept quiet. If I were beautiful today, I would have defended you.

–Defended me? I was defending you. It was because of your accent. They discriminate against Hispanics. Face it, you know it exists, but when someone slaps your face, you freeze and fall mute. Y cuando no hay ningún problema tú lo creas. Yo pensé, so what? It's true, you don't like to be on committees.

–But, Crespo also told Arnaldo she doesn't like committees either, but she goes. You see the bias against me. She is allowed to say she doesn't like them, but she won't hire me because I don't like them. If she doesn't want to be like me, why does she have to say she is like me.

*–I'm good–*she says–*I don't like committees
but I have to go so I go.*

Está con Dios y el diablo. Los in-betweenies me matan. If I
don't like them, I won't go.
    –You can't admit that you won't go.
    –Don't shake my confidence.
    –I know you'll say it wrong.
    –Not if you write it down. I'll read it to Migdalia on the
phone.

    *–How can you talk about the search commit-
tee as an outside evaluation when you and
Crespo are the search committee?*

    –Okay, who told you they are the search committee?
    –Vox populi. Fuenteovejuna.
    –Then you have a case.
    –I want a political orgasm. I won't get it by talking to
Migdalia. Let's whop them one now before they cover their
asses. I'll write a memo to the provost and the president.
They're blatant liars. They said:

    *–It's the outside search committee who
rejected you. Crespo and I want you, but our
hands are tied.*

*Outside search committee–*my ass. They are the search committee, but they want to sound objective.
    –No seas defensiva.
    –¿Quién me va a defender, tú?

–Threaten Migdalia:

>–*But Migdalia, it's unprofessional of Crespo to spread viscous lies about me at other universities. My first reaction was to file a grievance with the provost, but then I thought, no it couldn't be, I've opened my doors to both of you, invited you into my home. Perhaps Crespo is projecting her own dislike of committees onto me.*

–Yes, she said:

>–*I don't like them either, but I go.*

Bullshit! I'll tell her:

>–*You love committees. They make you feel important. Part of a community. Where did you get that defamation. Why do you discriminate against me. Because I make fun of your committees. But I like to come, I tell you that. I love political orgasms. So, yes, I will serve on your committees. If I can get a political orgasm. Why not, ah, why not.*

–Multiculturalism is dead, the fact that we teach it in universities is proof enough. What about the GAP adds, featuring Asian, African, Gay models. It's not an African in African garb. It's just an African model. It's all GAP. That's what is killing Europe. Unification in the name of marketing. To think all the great diversity of cheese in France is gone, long gone. Maybe they had five thousand cheeses, now they have five hundred because the specialty brie maker cannot compete, my darling, because in order to survive he must unify with all the other little brie makers to mass market one cheese to export to all of Europe, and the unification kills diversity of flavors, and languages, just like McDonalds is cutting down the rain forests in Brazil for the sake of raising hamburger meat–fifty, eighty indigenous languages a day drop off the face of the earth. For the sake of hamburgers. Why go to France if I have to carry a computer that spies on me, blinking Email messages throughout the night, telephones, faxes, and computers tracking my every breath.

–You love France.

–We go way back.

–I always thought of France as England's wife. Germany's tragedy was that it married Italy instead of Spain. Spain would have been the perfect match for Germany. Anti-Semitism began in Spain.

–My darling, the most racist country in Europe is France. They measured two thousand, three thousand skulls a day in the name of white supremacy.

–I thought those were the Germans.

–No, my darling, the Germans hurried harm along with statistics.

–And the British.

–We are too careless, my darling, to even balance our checkbooks. We would not trouble ourselves with statistics. Every Frenchman, on the other hand, is an accountant. When I was studying in Paris, my landlord measured the soap with a string, and charged me for every millimeter of soap I used. And when the refugees were leaving France, dying of thirst, the French lined up at the borders, offering them glasses of water, but when they were about to drink the water, the bloody bastards charged them. If they had no money, they would have no water. The only thing left in France is the mime.

–Y en Inglaterra ni mimos hay.

–Albeit, I would have never been seduced by England. That is why I escaped to France when I was fifteen years old. I fell in love with Paris. London grows on one, but one does not fall in love with London. London does not want anyone to fall in love with it.

–That's why I always say England and France are spouses. But don't deny me that the British are not racist. You obliviated the Indians.

–Those were the puritan fanatics that England rejected. The harmless ones stayed home. We said, go fanatics, go to the wilderness of monkeys. And look at the mess they created. You call that Multiculturalism. They obliviated the Indians. And they continue to do so in the name of Big Mac. Eighty, ninety languages a day. Poof. Gone. Look at Toni Morrison, Maxine Hong Kingston, and Amy Tan–writing about their lost culture–long dead. No wonder the bloody Americans celebrate them–because now they are no longer black or Chinese, they're all GAP. Fifty years ago this was unheard of. American soccer players on the Brazilian team. French players on the British team. They sell themselves to the highest bidder. Is that diversity? No, now all the teams are the same!

–Y entonces my boss Ian, with the gap between his teeth– said to me:

> –Can you picture Homar banging Kinney in
> Madrid. Repulsive, isn't it. I like to picture

*Kinney bent over the kitchen sink in flannel
slippers. How do you like to picture it?
–I prefer not to–I said.*

And then, Kinney brings me back a lesbo porn magazine.
Joanie told me to report it to personnel–it's sexual harassment.

*–Kinney–I said–I'm not a lesbian.
–I didn't say you were–he laughed–but you
can't deny you're a raving feminist. Ian and
I thought this magazine would help you find
yourself.
–No, no thank you–I answered, and Joanie
told me:
–File a grievance. I'll testify I saw the magazine.*

–But I don't know, what can happen to you. You gave
Russell my book, and pasted a Playboy pin-up inside.
–I was teasing my Russell. It's not the same. Did I
fire anybody with only two weeks pay, two weeks before
Christmas? It is insane, inhumane, don't you see, if the guy
hates New York why is he the head of the New York practice.
Firing people with only two weeks pay, while he spends five
grand on a Christmas party after Mr. Madonna sent a memo
to the entire staff saying there should be no Christmas party
this year, and then he spends the rest of what would be my
compensation on Mont Blanc pens for all the clients, kiss-ass,

but he wouldn't even lend his secretary a Bic. I have a major problem with that. And when Kinney told me:

> –*Come to the Village with me and my boy-friend Homar. We would like you to be frank about your sexual preference. Why don't you wear skirts to work?*
> –*I wear them*–I said–*in the summer. And if you keep harassing me, I'll sue you and the firm for sexual harassment.*

Ian used to bellow from one hall to the other: *Get me more coffee!* Is that a way to treat your secretary. Nothing is ever enough.

–And it should never be enough. If they can keep pulling bunnies out of your hat. There was a moment when you should have put your foot down.

–I tried to transfer to another unit, but they were scared I would squeal. I saw what they were doing with the drug addict.

–A double standard–treating you so bad, while the coke-head was snorting nose-candy off the desk–dick privilege, coño, what an injustice.

–And you remember when they wanted to fire Joanie. They told me to testify that she distracts other *secretaries* by talking on the phone all day.

> –*No way*–I said–*she's a typist. All she has to do is type. She can talk on the phone as long as there are no typos.*

I am planning to tell La China:

> *–Keep trying to be white, they will always see you as yellow, and someday, they'll fire you too, and you deserve it.*

And Charlie, who said:

> *–What an unfortunate case!   Why didn't anyone tell me she was a perfect employee? I would have saved her job.*

Why didn't he check my personnel file himself. I have a problem with that. I told him:

> *–Promise me you will investigate their files. They have a long history of harassing women. I'm not the first.*
> *–The firm takes your allegations very seriously.   Promise to come to the office tomorrow and put them in writing.*

They raped my spirit.   How will I put that in writing.   Me gustaría desgarrarme la camisa, entera, y gritar:

> *–I am a woman! Sexual harassment!*

   –And that's precisely what I love about Mishi.   I mean, during the L.A. race riots, before the looting and the shooting had even stopped, when everything was hot and sticky in New York, she jumped right into a subway mugging and defended an old Mexican from four black guys.

−Give us everything you got, or else we'll turn you in to La Imigra. We know you don't have papers.

While they were taking his mickeycharras, Mishi, la quijotesca Mishi, se les acercó a los negros y les dijo:

−Why don't you steal from the rich. Exploiting someone poorer than you. You know what you are.
−You, fucking bitch, shut up, or I'll slit your throat.
−Coward! Why are you stealing from this man who is more fucked over than you. Go to Saks Fifth Avenue.
−You shut up.
−You shut up. What's he done to you? He is just trying to earn his daily bread.
−You racist bitch.
−You fascist bastard.
−Fuck you, maaaan.
−Fuck you.
−Don't point at me.
−Fuck you, man. Fuck, and now I'm really fucking mad, you better fucking move your fucking ass.
−Fuck you.

–Fuck, fuck you.
–Fuck, fuck you.
–Fuck you–you hear me, I said, Fuck youuuuu.
I mean you, fuck. Fuck you, maaaan.

–Did they smack her?

–No, they jumped the turnstile with the old man's goods.

–I'm gonna say it happened to me, but I didn't let them walk off with the goods. Mishi's ending is rather dismal.

–If you want to tell Makiko that's fine, but it's mine at Suzana's tonight. You weren't there. I took the thugs on myself.

–It's funnier if you say I was there looking invisible. Five guys against one woman and her cowardly mate.

–Is it true?–they'll say. I'll look sheepish.
–I couldn't believe it myself and I was there.
–Isn't that something?

–Then I'll laugh:

–What?
–Did you really say that?
–I would have liked to.
–But did you?

–They'll think you are a danger to society.

–I was just teaching them a lesson.

–You're encouraging them to steal so long as they're not stealing from the poor, but look whom you're stealing from.

–From Mishi. And Mishi is teaching them whom to steal from. I want to play the hero tonight.

–When you're really a cheater. You're a riot.

–Maybe it's true, a riot, yes, a riot, not bad, next time, a riot, I'll say I started a riot. I'm a bullshitter.

–Oh, no juegues, Mishi está ahí. ¿Sabías tú que venía esta noche?

–I'm very glad to have met you. We can continue talking later.

–You're leaving me hanging.

–Later. We can talk later. I have to go. My translator. The poetry reading. I'm nervous.

–What happened to the black guys?

–What black guys?

–Spike Lee. We were talking about Malcom X.

–Se cree que yo no me di cuenta de que me robó mi historia. Y lo roja que se puso. Con la poca precisión con que cuenta la historia. Y eso que me la hizo repetírsela por teléfono más de tres veces. Esta pinche puertorriqueña.

–Tonight we are going to have an enchanting evening. We will hear Darsha sing two arias from La Bohème. The Grunschlag Sisters will accompany her on the piano. Then, we'll have some poetry.

–I hope she is not planning on reading half of her book again.

–I was thinking more along the lines of a sonnet or two before dinner.

–Suzana, you cannot mix opera and salsa. I cannot sing in an atmosphere where hips are swinging. And now with this cat. I'm allergic to cats. Red welts will spread over my face, and I'll start sniffing.

–It's not a cat, it's a rabbit. I have her on a leash. I love animals. I don't have work right now. I need a job badly. My parents will stop sending me money from Japan. The last $200 they sent me, I saw this rabbit, and bought it on impulse. I'm such a pendeja with money. When I see something I like I buy it. So I'm always broke.

–What's its name?

–Brascho. When I saw this rabbit, I knew she was the reincarnation of Brascho. I was in love with him. He was a beautiful maricón. I must have been a maricón in another life. That's why I'm called, Okoge, the rice that sticks to the bottom of the pot, a fag hag.

–Okoge, it's nice to meet you. I'm Wassila.

–Makiko, Makiko Nagano. Okoge is the rice that sticks to the bottom of the pot.

–Her great grandfather was Japan's first ambassador to the United States under Commodore Perry. They called him Shorty.

–Not Shorty, Tommy. They named a Polka after him, <u>Tommy's Polka</u>, even though his name wasn't Tommy. He used to hop off trains and run and jump back on them. I'm the reincarnation of my great grandfather. That's why I feel I belong in this country. If my father had been born in America he would have been a maricón. He is very vain like Brascho. A whole collection of designer suits and shoes and ties. I illustrate children's books. I don't like children but I love animals. This is Moi–a schipperky–and this is Brascho–a Jersey Woolly. I lost my Chinese turtle, Ming. But I still have dozens of fish, and an iguana which lives in a fish tank that Tess and I stole from Brascho's apartment. I loved him. He was beautiful. Ugly people give me rashes. Hillary

Clinton looks like Yoko-Ono. Doesn't she? We Japanese, love to imitate, but when we imitate–like we sing salsa–the woman that is singing this song–is Japanese–with a perfect Spanish accent even though she doesn't know what she is saying. We Japanese are wackos. We always say *yes, yes, yes,* and you have to guess if it's a *yes* or a *no,* and then you just have to confront our smile, and laugh with us, with your hand over your mouth. Japanese are not supposed to show their teeth when they smile.

–Nor whistle at night, it's bad luck. But they don't believe that to dream of weddings means death.

–I can't laugh and show my teeth. That's low class. But to dream of teeth or white snakes is good luck, especially on New Year's Day. And I know five bad words in Spanish: coño, pendejo, puta, maricón, carajo.

–Perfect pronunciation.

–Corzas, a Mexican painter, taught me. And Tess perfected my pronunciation. I'm an expert at breaking up relationships. But I'm a very generous person, and I love to cook. What do you do?

–I worked with Martin Scorsese. But now I'm on my own. Scouting raw material.

–Where are you from?

–Canada. But my mother is from Chile. I am Jewish.

–Like Mona. You look like her.

–Very interesting. We are both northern Europeans. I don't know if it was because I grew up in boarding schools three thousand miles away from my parents. My father was a diplomat–neither rich, nor poor, but I grew up in boarding schools. I don't know if it was because of that that I lost confidence in myself.

–Mona went to a boarding school in Belgium when she was four years old and it was a boys school and the Beechnut girl and Mona were the only girls. Mona suffered because her mother never sent her Christmas gifts so the school had to give her a plain ol' dictionary wrapped up so she wouldn't be the only one without a gift but everybody knew it was just a plain ol' dictionary. One year, her brother Benny got a sled. Mona got all excited thinking she'd get a sled. No such luck, just another plain ol' dictionary. And she had to see all the boys receiving the holy communion, and she used to wonder:

–Why can't I have it too?

–I used to read every book that fell in my hands. I'm an excellent letter writer. Maybe because I grew up in a boarding school three thousand miles away from any blood relative. May I see your palm. Amazing. A double life line. I see no sickness, but you actually live two lives. The second longer and more prosperous than the first. Maybe a new career.

–I'm psychic.

–Can we talk. After <u>Last Temptation of Christ</u>, Martin Scorsese went belly up. His agent sat him down, put both hands on his shoulders, and said:

–Look Marty, my man, ya gotta bite da bullet.
Ya gonna hafta do other people's films til ya
can afford to do ya own.

Which is what Marty did, or rather I did for him for three years like <u>The Grifters</u> which was milk and water except for the grace of Anjelica Huston. Well, as planned, he made enough money from <u>Cape Fear</u> so as not to have to produce other people's films anymore, and that's why I'm out of a job. I was too successful. Now, I'm thinking, I'm forty-two years old and I have to go back to Van Couver and depend on my parents, who I don't really know because I grew up in a boarding school three thousand miles away.

–Stay in New York. This is your place.

–You think so. I was very happy in London where I lived ten years as a literary agent. I have an apartment there which I am subletting. Plus I am not a citizen. Marty is writing letters for me so I can get a green card. I cannot ask him for more favors.

–I see you here.

–You think so. There is no business here. Ask Suzana, the movie industry is in California. That's where I met Marty. I said, I'll tell you a sad story and a happy story. If you think the sad story is sad, and the happy story is happy, then we can work together. And we did, swimmingly, for three years. Maybe all this is happening so I can get to know my parents before they die.

–You'll make it. You need to fill your tanks in Canada and come back here and start scouting raw material.

–You think so. I'm tired of working for other people. I want to work for myself.

–They sound like frogs and chickens, ducks and hens.

–New York es una lata de resonancias y una lata de atardeceres y sonidos–resounding–resounding–resounding.

–Crude is the word, raw.

–Como una zanahoria. Una zanahoria cruda.

–It's the last great European city. And the first great American city.

–And the capital of Puerto Rico.

–On the verge of collapsing.

–This city has always been apocalyptic. Since the turn of the century, when the subways were laid, the streets were gutted, tunnels gorged, people leaping, anarchic steps–from one muddy plank to another. Memory has few landmarks. Wear it down. Tear it down. Beethoven rolls around Central Park on rollerblades and motorcycles, and he's a contemporary of Jackson and Madonna vis-à-vis walkmans. Every pair of ears picks its own noise. The dead are alive, alive and rolling around, like dice in Wall Street.

–Nobody is secure. Suing the president for sexual harassment. There is no authority that cannot go unchallenged. We could never have a queen. We would dethrone her. No respect. Not even for the dead.

–I was in a hurry, I took a cab. I was planning to walk but I always leave everything for the last moment. Where are the keys. Always, under my nose. But the moment I have to leave, I look at my watch, already five minutes late, oh, here they are. I rush out, but the elevator takes an eternity and stops on every floor. Traffic. Rush hour. The driver taking me the long way, the meter rolling. Why did he take the long way. We would be there already. What can I do. Sit back and relax. Out of the corner of my eye, I see, out the window, a drunkard has finished his bottle of rum, and he takes the bottle back over his shoulder, in slow motion–what is he going to do, throw it–where? I hear the crash of the bottle against the windshield. Freeze frame. What happened. Am I dead. That sound. A bomb in my face. The window shattered, diamonds showering the driver and me–frozen, silent. Am I dead or alive and quaking. I asked the driver:

−Should we go to the police and report him?
−As if they cared. I'll take you to your destina-
tion. They mustn't track your references, they
mustn't know who you are, they mustn't trace
your roots, and pinpoint you−there she is, now
nail her to the cross of an address, name, port-
folio, credit card, social security number, tele-
phone number, the name of parents−they'll
cross examine you, they'll dig into you until
they dig your grave, and then they'll bury you,
shedding powder on your dirty face, and shed-
ding tears on their evidence, wild cards, wild
ducks, they'll forget you were alive, and they'll
shed tears, tearing apart your grave. Grave is
the world, torn apart under this dirty earth.

−Un día, Esquilo, calvo, y ya viejo, iba caminando por
la arena, en Sicilia, mirando el mar, y un gavilán, que había
cogido una tortuga para comérsela, pensó que su calva era
una roca, y abrió la boca, y tiró con toda su puntería la tortuga contra la calva de Esquilo.
    −Se rompió la tortuga.
    −Como la cáscara de una nuez. Y mató la tragedia con
una comedia.
    −Qué risa, el relincho del destino. El cabreo de una cabra.
El Alpha y el Omega. La risa de la burbuja cuando se queda
pegadita a la salada arena, y la moja.
    −Un día, yo iba caminando, y escuchaba los taladros,
taladrando las calles, pensaba, estos acueductos, son un peligro, si están zafados, la tierra me traga. Y cuando les sacaba
el cuerpo a los acueductos, pasó un ciclista. Qué miedo−

por poco. Qué anormal. Debería haber una ley contra los ciclistas. Son un peligro. Corren sus bicicletas por las aceras, se comen las luces, se le meten por el medio a uno. Y todo porque tienen que mensajear la vida. De prisa, y a toda velocidad, relampagueando el aire. Pronto. Pronto. Pero en una de esas otras urgentes urgencias, yo abro la puerta de un taxi, y se cae la bicicleta de otro ciclista, mensajero de la muerte.

> *–Are you all right?*
> *–Yes. No problem.*

He got up groaning and wheeled his crooked bike out of traffic. Serves him right. ¿Por qué se meten?–entrometidos, los mensajeros, intermediarios. Happy to be alive–and hearing all the ruckus. Radios. Klaxons. Taladros. Sirens. Between the growling in my stomach and my dreams–pa, pa, bum, bum, conversations–in tune with my being, I am whole with the body I forge when I walk, and I am exhausted–better exhausted–the head spins faster when the body is exhausted. I would like to walk inexhaustible, walk tireless, walk infatigable, poniéndome dura, el viento fuerte me pega duro como un látigo con nudos, me obstaculiza la entrada, la salida, regresar es más tarde, más tarde, lo dejamos para después, cuando tengamos más tiempo, después tendremos menos horas, y en qué sentido tendremos más tiempo, porque tendremos menos horas, tendremos más tiempo, sólo si lo sabemos aprovechar, y no perdemos el tiempo, perdiéndolo, lo ganamos. Then out of the blue falls un ladrillo de construcción enfrente mío. I don't even have time to react. I just looked up and down. And shook my head. A breath of luck. Knock on wood.

–Frotar una calva trae suerte. Acariciarla. Para que el destino de Esquilo, en esta maligna tierra, no se repita.

–Makiko came to me. I told her:

–You look beautiful
–I feel fat.
–Why?
–I am sad. I don't know why.

Then Rey passed by, and glared at her, disgusted, and she glared back at him.

–Was it because of Leen.

–I think Makiko is living with Leen–because she wants to be like her–beautiful. But then, as close as she gets, she realizes she is not. Beauty makes her miserable.

–I think she was sad because Rey came to the party, and she realized, he still controls Leen. That made her sad–she feels used–by both of them–as if they are playing games with her–she doesn't know where she stands with Rey and Leen. Somewhere in between.

–I feel for Rey. Suppose we had a fight–and you tell Mona, because you need to confide in somebody–and Mona tells you:

–Leave him, and come live with me.

Rey feels betrayed by Makiko. I would have felt the same with Mona.

–It's not as if this were the first time. She broke her sister and Cano apart. Now, she lives with Leen and her sister.

–Misery loves company.

–Just be for real, baby. I don't wanna be hurt by love, again. Are you just for the thrill? I'm flexible. But, just be real. I don't wanna be hurt, hurt by love again.

–Be careful, Suzana. I see it in her face. She is already writing her next fragment. Word for word. And Tess, the tape recorder, will catch everything she misses. I already know. One takes the photo of feelings. The other one quotes the nuances. You can't win.

–I don't care. Take it. Take it all.

–She's stealing my muse. Don't pay attention.

–I already know she likes what you're saying. She's already writing it.

–I don't care. Take it. Take it all.

–And what about painters? Goya and Velázquez. You think all their models liked how they are portrayed. And no one stops you from taking photos.

–You don't even change names. Nothing is sacred. Not even friendship. You're like Truman Capote.

–I'm not frivolous. I'm doing a portrait of reality. If I am observing the funeral of a famous man, I must talk from the point of view of the widow, with no distance from sorrow, the journalist, with distance enough to appeal to the masses–whether melodrama or soap opera, and the artist with the most distance so I can objectify it, but I should also become the dead man. Only if I am all of them–dead man, widow, journalist and artist–can I become Velázquez and paint *Las Meninas*.

–Angles of realities.

–Exactly, points of view, that's what makes the personal general. A myriad of experiences–however minute, petite, personal–who cares.

–I believe in seizing the moment.

–Look at her eyes. She's a Cheshire cat.

–Take it now, baby, but be for real. A thrill. Just let me know. But he didn't. He was afraid. Men are afraid. They don't follow through.

–Why is it?

–I guess the way they were raised. They don't dare to take risks. And I was ready. To support him. Maybe because he was a man, he could not accept it. Will I find happiness?

–You are happy.

–I wanted him–and he was for me–we felt it. Both of us. If it happens when you're twenty you say–*maybe he feels it.* But you're not sure. But at forty, when one feels the connection, it's for real. And for two weeks.

–He's married?

–Divorced. But he didn't dare to take another risk.

–The same with Madere.

–Why is it? There's only today, today. We make each moment, we fill it with passion. And I know he was feeling what I was feeling. I want to be loved. Oh, be for real. If you're looking for a thrill. Just let me know. I don't want love to hurt, hurt me again. No, nevermore, anymore.

–Let's dance. I loved that story of your childhood when you were sent to America from Croatia.

–I'm not going to help you.

–Did I ask for your help? You, you are stealing my muse. If she knows I'm watching her, she won't act natural.

–Be for real, baby.

–That is what I say, Suzy. They are not for real. They are staring at me, and they don't want me to capture your muse.

I'm not stealing your muse, Suzy. I just want to seize your waves, your feelings, seizing, Suzy, your soul.

–There she goes again. Don't let her torture you.

–I want to hear the story when you came to America by yourself and the captain of the cargo ship woke up the passengers in the middle of the night and said:

–Now throw your bottles!

–It was pitch black except for the distant lights of Messina, and it was dead quiet except for the splash of the bottles. It must be in a movie someday. If I could find the right person to write the script. It is more than an image. It is a metaphor.

–For what.

–For something.

–Tess can write the script. But I'm sorry, it has to be in my book first because I already have Wassila, Mona, and Makiko's childhood episodes–and I need Suzy's.

–Suzy, Suzy–the dog in Short Cuts. I edited the soundtrack. Suzy and the policeman and the children.

–Suzy, I think and I talk of my mother, the way they talked of Suzy. My mother is coming. Stop. My mother has to cross the street. My mother is here. Isn't she beautiful. She's my mother. She's Suzy.

–Be for real.

–And the bakery. Why did they turn to the baker for comfort when their boy died? And he offers them a muffin. And when they say they want to see his birthday cake, he had already thrown it out. Maybe he threw it out the moment he died. We'll never know.

–It is depressing.

–No, it's real. If you're looking for a rainbow, you know there's gonna be some rain. Be for real. The captain said:

–*Now, throw your bottles!*

It was the last time we would see land. We were in deep waters. Inside the bottle sealed with a cork–a letter to my mother–and cigarettes for the fisherman so they could put a stamp on it.

–It got there?

–My mother received the letter and keeps it to this day with my Easter bonnet.

–The truth is that we are never properly dressed.

–Especially if you are dressed in New Jersey and you are returning to Croatia. There was mother and father, waiting after a year, Easter, for the ship to disembark, and my aunt in Hoboken dressed me like a blue bunny with a basket full of marshmallow eggs to give to my brother and sister. My mother, when she saw me, took me right to the ladies room and stripped me of my bunny dress. I thought I was fashionable with lilies on my bonnet and cherries on my shoes. All costumes are ridiculous. They all show how stupid we are believing in ludicrous mannerisms, which fade away, but be for real, baby, cause I don't wanna be hurt. I was the lead singer in a rock band when I was thirteen, *The Little Stone Faces*, for real, then I started bingeing and got fat because I was small, and in my country in the age of Twiggy if you're small, you dress dainty, and I was unhappy with their idea of me, as if I always had to wear frilly skirts because I was small, here they say I'm Giulietta Masina. I started liberating myself when I came here, and I started dressing for my size, and wearing jeans, and unafraid to be myself, I liberated myself.

–Waiting for the miracle to come. Suzy, you're carpe diem. I'm ubi-sunt. I never thought I would write an elegy about the past–my memories–lamentations–after I wrote the Inquisition of Memories–never say I'll never say never. You'll say it. Again and again. Never again. The revenge of realities against dreams. And my mother tells me:

> –Use some imagination. Don't exploit your
> brother's death and call me a piggy bank.

I can't complain anymore. Stop, now let your wounds be healed with a kiss. Sana curita, sana de rana, si no sana hoy, sanará mañana. No te abras la cascarita del dolor, ya se está sanando, let it dry, but you scratch it open, you want to see your wounds bleeding.

–Oh baby, be for real. Just let it flow.

–Oh, Suzy, let me wrap you in your capes, your scarves. Let's see, maybe I can mix la chicha y la limonada, el aceite y el vinagre. Carpe diem, come here.

–Take me. I'm here.

–Oh, Suzy, I'm drunk. I don't know what I'm feeling. And I don't know where my carpe diem is. Did it fly away with Poetic License. Surprise. I have a Halloween in Christmas and Halloween in Easter. And ubi sunt regrets: *where is it?* I'm here. Don't listen, I'm drunk. But more drunk are my feelings that are filling me with drunken thoughts and I mourn the elegy of my ubi-sunt while I dance with your carpe diem, collige virgo rosae.

–Everything is a sign. My voice teacher in London died of cancer before she turned forty. Her death began my destiny. My husband composed an Opera for her, and I sang its premiere in Carnegie Hall. I was not very happy in London because I had no one to develop my voice. So I decided to cut my hair, and start a new life here.

–I decided to let mine grow because Samson lost his strength when they cut his hair. It's dangerous to have your hair cut every time you have a new idea.

–But what about my husband. He's bald.

–Does he have a beard?

–A red one.

–Then he's protected. Something must always grow in you. When my hair was very short I didn't shave my legs or armpits. What was growing was a secret.

–Everything is a sign. People appear in your life as guardian angels who guide you through different realms of reality.

–You believe in destiny?

–I certainly do.

–You think we all have a purpose?

–I certainly do.

–Why, then, may I ask you, do most people live their lives without even knowing what they have to do? I don't know why I am here, but since I am here, I want to do something.

–It's all symbolic, yes, it's predetermined and, yes, it's sealed with a fatal kiss. For your blessing and well-being. That is what I believe.

–A friend of mine, a mezzo, who I want you to meet, has a beautiful voice, and she told me, there are so many people nowadays with beautiful voices. She said, it's not enough, she said, you need to be an actress and look the part.

–It's a matter of contacts.

–Everything helps, I say, but it all boils down to talent. Not talent alone, discipline and determination.

–Yo no creo en el talento. Es un concepto burgués. No existe. Existen capacidades. Aptitudes. Cuánta gente pobre tiene capacidades que nunca ni siquiera puede darse cuenta de que las tiene. El talento es el engreimiento de una clase social como la tuya. Lo crea el ocio. Pero no la necesidad.

–Capacidad la tuya para negar. Mi padre tenía talento para escribir, pero ninguna capacidad para desarrollarlo. El talento es una gracia. La capacidad es la historia de las circunstancias.

–Here, Suzana, they are for you.

–Parrots, how lovely. Let me put them on.

–Aren't they ravishing.

–Really, Mishi. You're an artist.

–Don't ever say that.

–Why not? You have talent. What you lack is confidence in yourself.

–It's a matter of urge. The artist has an urgency. If you don't act on it, you die. If you don't create, nothing will create you.

–I don't know. I don't believe in life or death romantics. When I was studying at Cooper Union twenty-five years ago.

–Impossible!

–It's true I'm an old dog.

–Impossible!

–Twenty-five years ago, I can't believe it myself, I took a course with Andy Warhol and he said that he makes art because he doesn't know what else to do. I gotta admit, I identified.

–Maybe, it's true, I didn't know what else to do, no, it's not true, I do what I do because I had something to say.

–I make jewelry when my husband is cutting bricks and when the kids are napping, but I don't long to create something that makes an impact, that lasts.

–You never know, look at Paloma.

–The difference is the intensity, and the materials aren't everlasting.

–Gold is everlasting, diamonds, pearls.

–I'm talking about everlasting passions.

–I thought we were talking about producing art. Some people say my paintings are emotional. Others say they are cerebral. I would say they are intellectual. I could have been an architect. Space is what images are about, ordering borders, creating space so that you can breathe. Where is the wind blowing? Where does the light come from–thinking–planning before you act.

–Sometimes thinking kills the spontaneity. You yourself have often told me that you have an idea for a painting but you can't tell me what it is about because if you tell me, you will feel as though you already did the painting. Ideas die without the execution. Mishi is talking about the drive to execute.

–Drive doesn't only make artists. Napoleon–and all those politicians out there have urges to execute their commands.

–I have an urge to smoke. Who is to say whose urges are more important. Everybody has urges.

–What is the difference between an urge and a craving?

–You look for differences where there are no differences. But I will grant you–grant you a difference. An urge is an urge I must act on. If I crave something it doesn't mean I feel the urgency. Although usually they're a couple. I have the urge when I have the craving. Cravings and urges belong to hungry minds. Or hungry bodies, and they can create habits, or vices. And they can liberate human beings, give them joy, and produce music. If urges and cravings are not satisfied at the exact moment, they can become longings, and longings can last an eternity, or disappear rapidly, depending on the persistence and perseverance of the passion they can disappear, retract, and resurge, or repeat, and you can recognize the reappearance of the same longing that craves and the urge that like an inspiring comet is: now or never. And if you don't get it now, forget about it, it's now or never, now or never, impatience, because the urgency exists in the urge of the instant that dies–you know for certainty that that urge has a deadline, a limit, and if you don't take advantage of the instant when you know it must be–like inspiration–it carries a vision and a passion and a moment–now or never– and it's never again–again–in the same way–and you know it can repeat but never again the same–and these elements, contrary to popular opinion, carry the urges farther up in their immediacy, the attack must be done right away, no time to lose in talking about it, it is now or never, now or never.

–We are living in an era where genius does not exist. If we talk about talent, we think of the talented Michael Jackson, or Elvis Presley, or The Beatles. Ask a man in the streets who he thinks is talented. Michael Jackson, he'll say, he's talented.

–Nobody would say Michael Jackson. They'd say Pavarotti or Domingo.

–What talent does Michael Jackson have?

–Nobody mentioned Michael Jackson.

–¡Qué voz tiene!

–No tiene voz

–Tiene voz

–¿Qué voz tiene?

–Ninguna, but he's great.

–What is grrrreat. I hear that word so much

–Want a hamburger?

–Yeah, great.

–Let's go to a film.

–Great idea.

–He's charismatic. Mesmerizing. Hypnotic.

–He's great.

–I like him. I do. I really do.

–He's a power house like Madonna.

–But he's no Nijinsky. Not even Nureyev. Who is he? That's the talent we recognize today. Forty years ago Picasso and Neruda were the Greta Garbos of painting and poetry.

–They had star quality like Warhol.

–He was not an artist. He was a businessman like Madonna. Madonna is a thermometer. That's what she does–measure the fever of society. A thermometer is not a work of art, but a very useful instrument.

–Your opinions have no bearing, no substance at all. Andy Warhol was one of the most influential, multitalented artists of our day.

–Artaud was a man of multiple talents.

–Too many.

–I adore Artaud, but he does not have a work like Rimbaud. Of course, I could say that Baudelaire was much more intelligent than Rimbaud, but I prefer Rimbaud's poetry.

–You cannot measure IQ through poetry.

–What about essays and translations? He did Edgar Allen Poe, you know. Even Verlaine is more intelligent than Rimbaud. But I still prefer Rimbaud. Funny, we don't think of Shakespeare as an intelligent man–we know him as genius. He never wrote on Chaucer or translated Boccaccio. We know Cervantes was a brilliant man. I have my doubts about Goya. Although all of them were men of passion.

–There is no competition. Genius is genius. Period. I have spoken. They can all exist together with plenty of room for the Jacksons and the Madonnas and the McDonalds and the Burger Kings and the Pizza Huts.

–Which is better: Chinese, Italian, or French food?

–Why do you always have to compare?

–Which is more universal? Spaghetti, pizza, fried rice, chow mien, even tacos and tortillas more than quiche. There's not a universal French dish with mass appeal.

–I agree, the Chinese and the Italians reach the most people around the world. Like Jackson, but that doesn't make him better than everyone else. Talent is so universal, it is common. After all, we are all dogs–Russian dogs, Cuban dogs or American dogs. We all bark. That's what we have in common. And we should admit that all we can do is bark. I bark now, you later, why do you bark, how do you bark, what made you bark–cat, murder, rape, bone. How do we distinguish one barking from another barking if we are all barking, and we all like to bark, and none of us realizes that all we can do is bark–and none of us hears which is more potent or more piercing than the others. We all think we are special in our barking.

–The era of the generalist is coming back. The specialist is dated. The nose specialist, does he consider your eyes, your mouth, your aura, your personality, before he breaks your nose and turns you into another chiguagua. No, he goes cross-eyed staring at your nose. *Jack of all trades*–the specialist diminishes the value of knowing it all, or at least, trying to grasp it all, and adds–*Master of none*. Un especialista, just for discerning the details, is not un sabio. El sabio puede ser un necio. Mira lo que decía Alcibíades de Sócrates, borracho, en las tabernas, bebiendo vino, con los dientes podridos. Mistaken for a beggar. How can a wise man look so base? Las apariencias engañan.

–No engañan, my darling, confunden. If I say–*here, pretzels, here, porn films, here, sexy bodies*–then, they will flock to me–looking for cheap thrills, thinking I am another Madonna, but in the middle of my show, I'll play a trick on them, as they have been playing tricks on me. Saying it's great, when it tastes like shit. I'll do the opposite. I'll dress like a slutty punk, but I'll give them the real thing, and I don't mean coke. I'll give them poetry.

–What kind of poetry do you write?

–What do you mean?

–I write sonnets, and you?

–I can't fit life into rhyme scheme. It would be a strait jacket. Rhythm is free. How can I accept rhythms of ancient ages when I'm feeling my own rhythm. The velocity of cars–the engines of our time–concords, faxes, guns and subways. The way we talk and the way we commute. Do we have time to write novels. What is immortal in a novel is not the form which is long dead, but the context. And the same with poetry–what is said–that remains, the way we say things, changes.

–Which means, you write blank verse like Neruda.

–No verse.

–Like Rimbaud–or Baudelaire–*Little Prose Poems*?

–I do not write little poems. I write big books. Which is not to imply that I like everything in them.

–Then why do you publish them?

–Because it's not a matter of liking. Because to tell you the truth, many times, I don't like myself. What am I going to do? Kill myself because I don't like myself. No, I exist. Those poems I do not like function in the whole work. And they work well. So, it's not a matter of liking. I don't like my nose, but it exists and it works well.

–You could also get a nose job.

–Why, I can breathe.

–Do you write every day?

–I don't have something to say everyday.

–I always find something to say. I have the feeling we are very different poets. I'm sure Suzana told you that I won a poetry contest at the Poetry Society of America. It had an environmental theme. What do you write about?

–I don't have themes. I have flavors like Bazooka. My favorite is the pink one. I love to suck all the sugar out of the pink one.

–Flavors don't last, especially Bazooka. Poetry has a mission and I take my role very seriously.

–So do I. I want poetry to be a fashion show–to have a taste of frivolity–savoir faire–a taste of time at its peak–Kenzo, Gigli and Gaultier. I'm more excited by Bergdorf's windows than the contemporary poetry I've read.

–Who have you read?

–I don't read any of them.

–It shows. You must realize you're limiting your audience by writing in both languages. To know a language is to know a culture. You neither respect one nor the other.

–If I respected languages like you do, I wouldn't write at all. El muro de Berlín fue derribado. Why can't I do the same. Desde la torre de Babel, las lenguas han sido siempre una forma de divorciarnos del resto de la humanidad. Poetry must find ways of breaking distance. I'm not reducing my audience. On the contrary, I'm going to have a bigger audience with the common markets–in Europe–in America. And besides, all languages are dialects that are made to break new grounds. I feel like Dante, Petrarca and Boccaccio, and I even feel like Garcilaso forging a new language. Saludo al nuevo siglo, el siglo del nuevo lenguaje de América, y le digo adiós a la retórica separatista y a los atavismos.

> Saluda al sol, araña,
> no seas rencorosa.
> Un beso,
> *Giannina Braschi*

–How do you sleep at night.
–I snuggle with the dead when I go to bed.
–You feel colonized.
–Totally colonized.
–You don't feel cosmopolitan.
–Totally Cosmopolitan.
–That's a contradiction in terms.
–My confusion is my statement of clarity. I live with plenty of identities within myself. And I want all of them to work. Poetry has been the useless art for too long. It's been absent from life–history making–and The Daily News. It doesn't matter how political it strives to be. To make a political statement is not to be politically alive. Poetry should

jump out of the system like Tinguely's machines–out of good and bad, beauty and ugliness, right and wrong. Poetry is fun. Poetry hasn't been fun for ages. It should give pleasure. We've grown accustomed to unhappy poetry. My poetry is happy not to be sad. I steal pleasure from toys, movies, television, videos, machines, games–and put the fun back in function so the work runs like an engine that clinks and clanks, tingles and tangles, whirs and buzzes, grinds and creaks, whistles and pops itself into a catabolic Dämmerung of junk and scrap.

–Which one is the poet.

–They both are.

–Who's reading tonight?

–The Rican.

–Poetry is a dead art, long dead. I want the here and now, coke and pretzels, junk food, fast food. I have to ask myself what I am doing here, listening to a Rican who can't spick English or Spanish.

–I can understand Spanish but I can't understand Puertorricans.

–We have a similar problem. I can understand English, but I cannot understand Americans.

–Scum of the earth. Destiérrenlos de la república. Sponges. Chameleons.

–So what. Zelig is a chameleon.

–Zelig is Woody Allen–and Woody Allen is a filmmaker and filmmakers count and poets don't.

–When do we eat.

–I'm nervous. Did you see him. Over there.

–Who.

–Scorsese. What is he doing here.

–Wassila invited him.

–I should have known. I would have worn my Armani suit. Why did you made me wear this Mao Tse Tung outfit? It doesn't fit me. I don't belong here. I'm scared. Why did you take me out of my closet. I'm going to be so famous I don't even want to think about it. But I'm not ready to expose myself. How dreadful to be somebody. To know that I was nobody. To feel so hurt inside–knowing that I was somebody–inside. To know I was so shy–nobody knew I was somebody–except some nobodies. To know that I was neglected, unwanted, and to be here, in front of Scorsese who'll recognize my talent and make me a movie star.

–We'll worry about it after it happens. In the meantime, try to shine.

–I'm not Madonna. I want my closet back. Close my doors. Do you think they really want to know who I am?

–Of course not. Some are here for a taste of Suzana's salmon mousse and high art. Others want her movie contacts and coconut rice.

–Oh, my God. Let's go home. Robert De Niro. What am I doing here. With all these mafiosos. Al Pacino. I'm gonna die. The Godfather himself.

–Whatever you do, don't sound lyrical. Grumble guttural, sardonic threats. *I'm gonna crack ya mudda fuckin head open. Smash ya god damn teef in.* Mafia talk.

–Deny my culture.

–Mock it. Roll your "r"s rougher like you're mad.

–I am mad. What am I doing here?

–Sssh. Remember, bring out the killer inside you.

–Macbeth has murdered sleep. I can't remember my lines. My hands are bloody sleepy, bloody merry, bloody mary, with scotch on the rocks and my heart just stands still for Al Pacino.

–I told you we had to practice.

–I don't have to practice. I know it by heart.

–Don't improvise like you did the last time, incorporating cheapshots into the text. –You made me so angry I had to read what I was feeling inside which was stormier than the way I wrote it. I wanted to see if you really felt the part. Don't look offended by your lines. I didn't invent these dialogues. They're your words, Mr. Nice Guy. But you cringe with beet red shame whenever I quote you. I know it's painful to be ashamed. We all feel ashamed sometimes. You thought we had it all rehearsed, but if I let you, you would steal the show.

–Steal the show! Everyone can tell you wrote it. You keep all the best lines for yourself.

–Todo se improvisa, de alguna u otra manera. Pero yo sólo veo una inmensa carretera, donde corren los carros sin parar para nada, y yo estoy esperando un milagro, o una solución a mi dilema, tengo que cruzar la calle, y no hay semáforos, por favor, habrá alguien que tenga la cortesía, de parar, o de dejarme cruzar, o que todos paren, por favor, un instante, y me dejen cruzar, o me lleven a la carretera del destino, donde haya un farol por la noche, y el aire polvoriento y las candelas chispeantes, como el niño que en la noche de una fiesta, se siente entre el gentío, ¿dónde estoy? Miro de lado a lado. Soy un niño perdido entre el gentío de esta fiesta, y asoma su corazón de música y de pena. Así voy yo borracho, melancólico, lunático, siempre buscando entre el aire polvoriento, y las candelas chispeantes, como el niño que en la noche de una fiesta se siente perdido entre la niebla, y el aire polvoriento y las candelas chispeantes, y asoma su corazón de música y de pena.

*Quiero pensar como piensan los hombres
cuando se cansan de pensar. I am dead.
And it's not a matter of surviving. I have
survived. And I'm not proud that I'm one
of the survivors. Survivors are not proud of
having left the dead behind–they're just as
dead as the dead–and their smell stinks more
than the stench of the dead. Just because you
rise at dawn, and you walk, and talk–alive
or dead–you're more dead than alive. Stop
talking about you–as if it were somebody
else but you–me–myself–the dead–looking
at the blank verse in a frontal mirror every
morning, and brushing my teeth, with the
infamous caries of a llaga–right through the
blank verse–because it's blank without verse
or phrase or paraphrase–sound or mute–
blank or empty–the eyes of the verse fill the
blank verse and open each window of my
verse, mi verdad, mi versatilidad.*

*Explain yourself in a better mood. Just
because you're young flesh and I'm frontal
to my death. Why must I continue surviving and breathing for the rest of my life.
When will I die without stinking my breath
of immortality. Oh, come on, nobody is
immortal nowadays. We continue living
without possessing our lives–in mutinity–in
mutility–immotivated by the immobility of
immutability–invalidated by a certificate of*

mortality, immobility, immortability, tran-
quility, morbality, morbidity, mortability,
murámonos moribundos, antes de que la
tumba rest in peace before the time has passed
for us to reposar en paz perezosa por el resto
de los muramos pronto antes de que apeste-
mos la ropa que apesta el mortuorio llevar la
vida a pie y sin camisa lloremos y cantemos.

Here, in silence, surrounded by stages to
mount upon mount upon mount and climbing each step of a stair with cautious eyes
to look around, upon a stair, I sigh, and
look down there, where the subway runs,
and returns, and there is a noise that noises
my nose, I take out my handkerchief, and
of course, of course, of course, in the blank
verse I blow my nose, hard and loud. I blow
it out of proportions, out of dimensions and
proportions–tiny and gigantic, certainty, and
certainly, danger, and proximity, altitude and
dexterity, enterprise of multiple choices–a
wrong answer against a right attitude–forti-
tude of mind behind a window of desire, and
perplexity and doubt, upsetting the nervous
system of la cage aux fois.

Do it right. Or at least get even. Even if I
stress my mind, I stretch my neck, and bones
crack my other fortitudes, and no one is certainly more certain than doubt and proxim-

*ity. Even when dancing gets even with drink-
ing and dining–and sleeping pills don't sleep
at all–but sour stress and ojeras, frontal to
mirrors and glances–are making their way by
buses and subways, with ways to come, to go,
and get upset at the boss, not at me, honey,
I am just counting the pennies to get back
home and prepare your tasty supper.*

*Develop your argument, see you tomorrow,
don't miss the appointment, the opportunity
of a decade, sounds good, honey, but I prefer
to do it the right way, shortcut is longcut, if
you cut it too short it's never too long to grow
back again, but remember you'll have to wait,
and patience is way off in your calendar.
Dividends against multiplications. Carioletes
against amigable people–or are you following
step by step–the rule of books and connoisseurs of wines and dines–and dividends and
months and connoisseurs of time–and high
piled papers to fill out–no address, no phone
number, no multiple choices, no way out
against orders–responsibilities piling up–filling up blank checks and multiplying dozens
by thousands–before falling asleep into the
coma of retirement–golden age of sorrow and
no return to the truths and blues of morrow, I
pay homage to the dead, and return to my pile
of work, paperwork, waste of time for the rest
of my junkie life.*

*I open my eyes and I see, but I have seen so
many times, that I don't see the way I saw love,
blue of eyes, blinded, blindfolded, the first of
times. I see love interested in how old are you,
can you take care of me when I am old, I'm
growing weary, will you feed me–so love is not
blind madness–to be blind as love is blind is to
be mad as love is mad and mad is blind–and
love is mad if it follows the pattern of your life,
I can assure you he is blindfolded, Cupid is
mad, mad of love for you, he wants you to love
calculating each of the steps you take, and then
you lose your chance, and you only live twice.*

*Can you finish your thoughts in a round
about way. How can I play a fair game. Clear
of gasses after red meat. Clear of thoughts
that come to pass so full of paradigmas and
estratagemas. So bloated and inflated of
presuppositions and impositions from the dig-
nitaries of discipline. Mandatories of embas-
sies–always sending us messages–for avoiding
troubles–when they come with the troubles
they send to avoid newest buildings of monu-
mental troubles and sorrows. I blew the horn
to survive, and I blew the whistle to make it
shine, and married myself while shining the
silver–and then I stopped believing in silver–
and changed my money to wine. I drunked
the horses of moneys I got–and troubled my
monkeys with horses of blue. Velvet blue and*

*malgre tout, I love you, my cherie. Où sont
nos amoureuses? Elles sont au tombeau! Oh,
please, get me free of meee. Free of taxes and
free of impossibilities and free of presuppositions and free of impositions and free of
preposteritions and free of prepositions and
suspicions and ammunitions and recognitions.
I feel free from freedom, free of the statue of
freedom, enslave me in a statue of freedom,
my kingdom is a cry to freedom, no te salió
bien, freedom, I want to enslave my freedom,
con freedom, free alone is better con freedom
than alone con freedom y sin freedom alone
no hay freedom alone I am not alone free.*

*Where are the stinky feet that I am missing
here? If I smell a stinky soaking sock and I suck
and suck the smell that sucks these stinky sucking wet sucks that stink the socks of the smell I
suck. I tell you, it's rotting stinky. It sucks my
blood, and it stinks of rot, it rots my stink, and
it stinks my feet with stinky soaking wet socks,
it's dried and soaking wet, but if you soak it
while you dry it, it sucks while its stinky smelly
feet soaking wet become dry and hot at the
same time, and it is stinky, soaking wet. Sucks.
Sucks and Sucks.*

*Have you thought about me lately? Thought
about you. Or suck about you. Sucks the smelling stinky thoughts are sucking wet while dry-*

ing–fumes–the smelling stinky thoughts, away,
the dry and stinky smells of earth, of paradig-
mas and chiguaguas and chinas mías–and
naranjas–gandules and beldades–brisas–risas–
son–risas las mías son stinkies–las tuyas son
finas–brisas caídas de la tumba a la nada se
caen stinkies son las mías.

–How did I perform?

–Didn't you hear them laughing. I had to keep pausing. They were always laughing. And the ones who laughed hardest were the students. I enjoy performing for the masses.

–Students are not the masses.

–They know what's in and what's out. Youths are closer to life because they're not frustrated by their jobs and their children. They still have hopes of becoming something. Art is hope.

–Art is history. If you don't remember, you don't have a past.

–Who wants the past. I want the future.

–And when you grow old, what will you have?

–More past than future. But now I have more future than past.

–Future is an illusion. A bubble.

–Bubbles are nice.

–Youth understands nothing worth understanding. It took me years to understand James Joyce. I understood his youth only when I became younger and lighter with age. The older generation should understand me better if they became younger like me. Were their parents serious.

–They were laughing too.

–I should have picked a profound piece. Am I funny?
Am I a clown? Who the hell do they think I am? What are
they expecting from me? I can't please you. Sorry, but it's not
my intention to make you laugh. Sorry, but you laugh, okay,
I accept your laughter. Does this mean you are accepting me?
Well, let me tell you, you're going to have problems with me
because I'm not going to keep up with your laughter, why, just
because you want to laugh, do I have to make you do what
you want. You're imposing your laughter on me. You're not
making me laugh. I'm deadly serious right now. And you
think I'm funny. It's really insulting. I don't have a sense of
humor. Respect my wishes. Don't laugh just for the sake of
laughter. It's just a nervous tick. And I don't like it.

–Shoulda, woulda, coulda.

–It was too complicated. The language barrier. Plus I was
dressed in gray silk. I should have worn wool solids. And
I should have slept before the performance. To be fresh. To
get inside the character. The audience distracted me. Who
invited Cenci to the reading? Did you see what he was doing?

–Next time I'll tell him to leave the room.

–Shuffling his feet to distract me.

–No tiene educación. Se lo voy a hacer a él la próxima
vez.

–Y Olmo-Olmo, did you see what he did?

–I was minding my own character.

–Arms crossed he flared his nostrils when they clapped.
I have never done that to anyone. Envy, pure envy.

–It's not envy. It's annoyance. They don't appreciate your
poetry.

–Come here.

–Me.

–I want to congratulate you on your reading. You have a mellifluous voice, curiously deep and melodic. By no means am I suggesting that you could make it as a singer or an actress, but you do read well.

–I think of myself as an actor and a singer. If I had the chance, if someone discovered me.

–Dialogues come easy to you. You should write plays.

–Screenplays, a psychic told me my next work would be made into a film.

–Transformed, maybe but I don't see you as a screenwriter. Go for the Obies not the Oscars. I suggest you frame the dialogues with stage directions to usher the voices. Who is speaking. I am speaking. Then name the speaker.

–Why? How does a conversation go. Do I say: Suzana: and then Suzana speaks. Is this a classroom?

–For clarity's sake so that it will hold up on the page.

–This is a musical composition.

–You don't need an editor. You need a director. I'm going to introduce you to a friend of mine. Sam, Sam Shepard.

–Paris/Texas. I love him and Win Wenders too.

–And me. Do you love me?

–You're one of my favorites–of course I love you. Why is everything nice and great and shining blue in the sky. Why did I have to tell him I love Sam Shepherd and Win Wenders and why did he ask me if I loved him. And why did I answer–of course, you're one of my favorites. I want to puke this whole party. I want to vomit 57th Street and all its commerce. I want to retch one thousand coins–worth nothing–because even if I've bought all the silks and satins, and disguised myself–I'm still not made of the stuff dreams are made of. My soul, where among the attributes of brandname hot tamales–where is my soul, wounded like a deer–wounded–not dead–although I myself have tried to disclose it and close it–I have tried to become like them–or at least correrles la máquina–sacarles la lengua–drop myself at their feet–feel at ease. For what, for Hecuba, for fiction, for frivolity.

–Una buscona. Look at her. It's sickening. Machista. Did you see that? Did you hear that? Wasn't it disgusting how she melts with Scorsese? But did you see how brazen she was to the other poet? Name a living female poet that she likes, forget likes, how about acknowledges. Name one.

–Dickinson and Sor Juana.

–Living, I said, writing today, herself excluded.

–Dale cuerda al mono para que baile.

–Tú crees que hay más de tres grandes poetas en una lengua en una centuria. A ver: Vallejo, Neruda, Darío, Lorca, Jiménez, Machado. Very few.

–It depends what you are looking for.

–I'm looking for the creators. If you want to accept los maestros, then you include: Huidobro, Cernuda, Alberti, Alexandre, Salinas, Guillén. Sí, son maestros, pero no creadores.

–Tú eres demasiado rígida.

–No, es que las puertas del Parnaso son muy estrechas. Alexandre puede ser mejor poeta que Lorca, pero no más grande. Lorca es común, pero es un creador. Many masters are better poets than the creators, but they are not greater. La grandeza no es mejor. A veces es peor. There are many singers with a better voice than María Callas. But she sang great. Y la grandeza no se puede definir. Porque está llena. Es como el sol. Algo lleno de luz y redondo. No le hace falta nada.

Y te llena. Te deja llena. Te colma. Es algo que instaura. Y
afirma su instauración. Se implanta. Se planta. Se queda ahí,
como una instalación, en un espacio. Es como la belleza.
   –What a pity.
   –El total, las partes no suman el total. What do we do
with las piernas, las manos, los codos, los labios that are func-
tional in and of themselves–but that don't contribute to the
whole.
   –How wonderful.
   –Not wonderful at all.
   –Yes, because it means that I can be one of those parts
that can escape the totality.
   –Why wouldn't you want to contribute to the whole.
   –Don't get me wrong. A thinker thought, maybe it was
Ortega y Gasset, that a country is in decadence, when the
parts no longer want to be part of the totality. It happened
in the Soviet Union, it happened in Spain, it will happen in
the States.
   –But what I am saying is more profound. I have a puzzle.
I assemble the puzzle. Every piece is in its place. But there
are extra pieces. Beautiful pieces. They should not be thrown
in the incinerator.
   –You can start another puzzle with them. Everything has
to work. Even the extras. Just let them be. Let them play the
role of lo desechable, lo caprichoso y arbitrario.
   –It seems to me that's you.
   –No, that's the world. And chance should not be taken
for granted. Chance is the puzzle that finds the parts that do
not fit the whole. It is probably a matter of editing. Trimming
here and there until everything fits.

-That's what they always do. They cut people that have a life of their own. People like you are prime candidates. Because you breathe and you march to the rhythm of your own drum.

-I love what you just did, you bore your soul to us. You lifted your skirt and you said:

-*Mírame, linda. Mírame a mí.*

But what we saw, was not flesh–but we saw the soul, which is to say, all the sorrow we have inside.

-Don't talk to me about sorrow. I am tired of pain, of blood, I want joy.

-It's not anybody's soul we want. Everyday students come to me to bear their souls, manipulating sympathy through narcissistic exorcism. That's not what a poet does. The poet is discreet–he shows us not his soul, but our souls, from a center we can all relate to–without falling into triviality.

-I declare, I read the worst paper in this city.

-You read it for the same reasons that Dante descended into Hell, to understand the infrastructures and the super-structures.

-Yes, to know what garbage is. To know the commonest. And I think of The New York Times.

-Cold and pedantic–compared to Le Monde. There you see a paper thinking. But the French think that the act of thinking is enough. If they think of a solution, they think they've solved the problem.

-How wonderful.

-Not wonderful at all. Blanchot writes a theory of an Infinite Conversation, but he doesn't create the infinite conversation.

-The same happened to me with <u>Theater and its Double</u>. Artaud said what should be done in theater, but he didn't do it. When I read it, I thought to myself, what he is saying has to be done I am doing it in <u>Profane Comedy</u>.

-So you are more American than you think.

-Why?

-Because you do what the French think.

-Excuse me. I also think.

-Then you are British. Brittons are the sum of thought and action. That is why they are successful in war.

-Americans are successful in war.

-Not because we strategize, but because we spend billions on technology and weapons. Bombs away!

-I receive so many term papers-without a single thought-neatly packaged bibliographies.

-That's because we teach them to crank out journalism of the worst kind. But what they say-is democracy-ask everybody's opinion-and then you end up with the voice of the moral majority. If it's not about sex, it's about tallying votes, or it's about giving the impression to have the facts in hand-even if you don't have them-invent statistics-and sound objective.

-La cultura, qué sé yo, yo sé que yo nací del culto a la televisión. Yo no veo televisión ahora, pero de niña, I was hooked. Totally hooked. I know that the cartoons influenced the style I have. People will write differently with computers.

-How can we bread our heads con algo that has no soul.

-Maybe the Russians will soulify them.

-I will always write by hand. Shakespeare did not need a keyboard or Spellcheck, and he never spelled the same word twice.

–Eso es lo que quiero decir, cómo hacer funcionar el espíritu poético–coordinarlo–con la computadora, sintonizarlo, que puedan tocar la misma música: la época de la poesía y las computadoras.

–What do you think of our president?

–*We want action, not words*, said our president, courting an invasion. It bothered me, the degradation of words. As if words were not action. They want action not words. But words are action, when they work. Words are bullets, dynamite. But to say, we don't want words, we want action, tanks are action, bombs, but not words. Not true, Mr. President. Words are action, when they work.

–You're full of shit. Why do words have to be bullets and bombs. That's making it action. And it implies that you do believe that action is more powerful than words. You are uninformed.

–If you cannot formulate your thinking–what good is it to be informed. Information without knowing how to think is a luxury that should be taxed.

–Poetry is not a luxury.

–It is a luxury. Ask Cervantes en La Gitanilla. Ask Rubén Darío: Aren't sus princesas y marquesas–a luxury. Ask Plato who threw the poets out of the Republic. Ask me who was thrown out of Rutgers for being a poet. What is a luxury? Is an air conditioner a luxury? I would love to be as luxurious in my poetry as an air conditioner in August–to have the capacity to blow so much wind, such a capacity to air us. And it's a luxury. A gym is a luxury. I would like to exercise all my muscles in poetry. Okay. Money is a luxury. A useless necessity.

–What do you think of our mayor?

–*Shrink or sink.* He said that. He said: *We have to shrink or sink.* But think about it, I can't shrink because when I do, I'm scared, I panic, and I sink. And the papers are quoting it: *Shrink or sink.* Is he kidding us. That's our mayor. He is asking us to become clams, shrimp, in order not to sink. I sink if I shrink. But if I spread my arms and legs, and if I stretch out, I float, and if I try, try to speed my body along, paddling and flutterkicking as I go, I'd swim like a goldfish through the bowl. But, he is asking us to shrink. I don't know how to swim, but I know his statement makes no sense at all. It defines him, he should shrink and sink that's what I think.

–What do you think of Isabel Allende?

–Wonderful. I find her wonderful. What she is doing– killing García Márquez a little more each day the same way Michael Jackson's sisters are killing Michael Jackson.

–So you don't like Isabel Allende?

–Like I said, she's doing a wonderful job.

–What do you think about a WASP like Glenn Close playing in House of the Spirits. She looks like she never left New Hampshire.

–Perfect casting considering it was written for WASPS. The best definition I've heard of Allende was given to me by my mother who said Allende is better than Márquez because she imitates him more clearly than himself so that when you're done with the book, all your questions are answered, and there's nothing left to the imagination. But, like my father says, my mother is above average in business and below average in literature.

–You underestimate your peers, particularly the live Latin ones. Márquez understands sexual politics and the human condition. Your mother could very well be la Mamá Grande.

–I don't want my mother a la Márquez. I want Superman a la Nietszche. Do I have to be good to be a good writer? We're already beyond good and evil. Look at Melville a misogynist, Pound, a fascist, Caravaggio, a murderer, and Burroughs, an evil genius.

–You're as mad as a hatter, lady.

–Look, Foucault said: *Politics is the continuation of war by other means*. I say: *Politics is the domestication of war*. I don't want to be a politician. I want to be a revolutionary.

–Who cares what Foucault said. Even Foucault didn't care what Foucault said. I'm sure you're taking him out of context anyway. You're a danger to society. In a way, I'm concerned about being your friend. You don't know anything about politics. Nothing at all. Yet you talk nonsense with such conviction, such hostility. You live in a fantasy world– protected by puppets–you're afraid to mature.

–I'm not a puritan. I don't believe that killing a man makes you less of an artist or that being loyal to your wife makes you a better politician. I don't, I don't. Look, there was a whore who offered her tits to the people in Italy–and she became a senator. I believe in her. I want a beggar in our house of senate, a garbage man, a plumber, a poet.

–That's totally ignorant. Whoever she was, I'm sure she was not elected to the Italian senate because she was a whore, you misogynist traitor.

–You said Mick Jagger's wife should be president of Nicaragua. Because, quote–*she is as smart as a whip*–end quote. What makes her less of a whore for power. How can she become president of Nicaragua if she does not even live there, and yet you respect her because she is famous.

–You're so self-indulgent, smugly ignorant. You think you're charming the world with your ignorance. You're impeding knowledge.

–Look, I'm not trying to be perfect.

–I am.

–I want to be human, all too human.

–You want your art to be perfect. Why can't you see that in other areas you should be just as demanding. Otherwise, when you talk, you really sound like, like a fascist, knowing nothing about anything–and feeling empowered by your ignorance. It invigorates you to fear the unknown–and so you paint your fears with silly superstitions–mascara and lip-stick–feeling the blindness of your being. What do I get hearing you babble? How can you say that there's nothing wrong with cheating?

–I come from a different culture.

–No culture accepts...

–I, I myself accept all kinds of flaws.

–I believe in conscientiousness.

–You also believe in fame.

–To achieve fame one has to be respected by one's peers. Success cannot be argued.

–I don't want my cake if I can't eat it too.

–You'll have your cake–at night with violins and chandeliers.

–This is the divorce of true minds. I cannot accept that because someone is famous he must be great.

–But you assume that it is noble and pure to be an outcast.

–Like Artaud, like Van Gogh, like Rimbaud.

–Take it from Mama Mona, they yearned for recognition. Do you think Emily Dickinson was happy bound in a nutshell of near oblivion–in the shadowed corners of yellowing pages–waiting to be drawn away and forever by four-eyed inky scholars who haven't got a clue to this very day because they themselves have never experienced the whammo-bammo of drums and the jazzy last bip of the bipping rap of the world. Surely Emily Dickinson craved it obsessively. If you should ever have your day in the sun–knock on wood–God forbid a chorus of green faces will accuse you of selling out. See how Cenci told you that you got Yale because you pulled strings.

–What strings do I have? I've got more *we regret to inform you*'s than John Kennedy Toole and his mother. And now that Jonathan Brent happens to pick my work out of a pile of dusty manuscripts, Cenci, my dear friend and mentor, who has always supported my work, tells me that it's only because I have contacts.

–All your friends are crooks.

–Who?

–The sadomasochist whore

–She's no whore. She books appointments.

–Innocence should be suffocated if it fools itself. You wish you were Buñuel, but you're Viridiana, a fool like Viridiana. You dream of palaces for beggars but you wouldn't toss them a dime in the streets, yet you offer to help crooks like that dominitrix who works at the Dungeon, feeding off human frailty! What happens in the bedroom affects the whole world. Sexuality and life are one in the same. If you keep believing in your fantasy world, someday you'll wake up and it will be too late.

–Cuando las autoridades te apoyan–I doubt. A Pessoa ninguna autoridad lo apoyó. Women–I always say–when I read Simone de Beauvoir–I think–she's a good writer but she would have a been a much better–much better mother. That's what I think of you, a good writer, but you would have been a much better–much better mother. You could have given birth to a great man. Erraste tu carrera. Debiste haber sido madre.

–Y tú, tú debiste ser mujer.

–I won't deny it. I would have loved to be a mother.

–Tú eres un envidioso.

–Envy is a splendid sensation, but I would never envy you. Envy involves someone greater than oneself. I would have never published con la chusma.

–That was a reprint. It can be reprinted a thousand times.

–I am an elitist. But I tell you, don't brag that your book was published by Yale because Foucault recommended it. Nobody believes it anyway.

–No me digas what I should say.

–I don't care about authorities, institutions.

–I don't care about institutions.

–Yes, you care. Institutions don't care about you. But, yes, you care. They throw you a bone, they publish your book, or they publish my journal. But those are stark naked bones that wouldn't draw a maggot.

–You wish you were a woman like me.

–I would love to be a woman, but not like you. I would have been a mother. Remember, the fact that the institutions recognize you, doubt of yourself, start running. El premio de traducción te dio la publicación.

–It was the merit of the work.

–Merit is never recognized until it is too late.

–A romantic notion for unknowns to cling to. Many writers, the majority, have been recognized. Joyce, Ibsen, I don't have to name them.

–I guarantee you, a poem published in my journal will give you more recognition than all your books published in Spain.

–I don't need your favors. Who are you. Am I like you. Would you see me like I am.

–You would have been a better–a much better mother. I could have been a Dostoevsky, a Schopenhauer, instead I am an Uncle Vanya.

–Poetry is the art of losers. The people who win are losers. The more you lose, the more you can win.

–That's not original. Original was the original sin. After that we have all been losing terrain. Rapidly.

–I'm nobody, and you are nobody too.

–But I'm not just anybody, cualquiera no es nadie, ya quisiera cualquiera ser alguien como lo es nadie. Nadie ocupa el lugar de alguien. Y quita a cualquiera del trono de Nadie. Entiéndeme. Something is rotten in the state of the arts. Las masas están en decadencia–y eso no hay quien me lo quite de la cabeza. Cuando de las masas surgen las revoluciones, las masas están en su apogeo. Cuánto añoro a Danton, a Napoleón, a Juana de Arco–que se levante un negro–y que me revolucione los cuernos y las faldas. Que me haga mejor de lo que soy. Eso es lo que quiero ser, un Don

Quijote de la Mancha, un loco que surge de un manso y un bueno. De ahí mismo nace la salud del pueblo. Coño. Y es importante entender lo que significa el gusto.

–La calidad de vida surge del gusto.

–Hasta el mal gusto surge del gusto.

–Es un principio de organización. De quién en el mundo belongs together, and how we recognize each other. Pero dale lo mejor a la gente, desarrolla su gusto, enseña al pueblo a pensar, del pensamiento de un pueblo surgen los grandes pensamientos. Y los grandes hombres surgen del pensamiento de un hombre.

–Surgen de sus anhelos.

–Anhela como anhelo yo, y créeme, llegarás mucho más lejos que yo.

–¿A dónde has llegado tú?

–Al anhelo más grande. A anhelar el hambre, como la boca de un ratón, y conformarme con el queso que me apesta la boca. Quiero decir, que me lo como todo.

–Pero dime. Qué vas a hacer ahora.

–Voy a esperar que llegue mi libertad. Me va a caer como el maná del cielo. Voy a hacer tu vida tan y tan imposible. Con guerrillas anárquicas–aquí y allá. Hasta que me des mi independencia.

–Who is the stronger? The bamboo that bends in the gale or the elm that won't.

–The one that won't–no matter what–eso es tener dignidad.

–¿Qué es la dignidad?

–La medida de la libertad.

–Quiero decir, quién es más fuerte, la isla que se vende y come bien, o la que se mantiene erecta, y se muere de hambre y de soledad.

–¿Cuál es más libre?

–Ninguna de las dos es libre. Todo pertenece. Soledad te acompaña, viajero. Pero como decía Don Antonio Machado, donde hay vino, bebe vino, y si no hay vino, chico, qué te cuesta, tómate el agua fresca.

–Éste es el único que me trajiste.

–Tú me pediste el de la menstruación.

–Algo más largo. Necesito más cosas. Todo lo que me leíste el otro día. Este está lleno de inglés. Quiero más español. Claro, la mezcla de lenguas es un problema de tu clase social. Yo no tengo ese problema. Tú discutes en inglés la parte filosófica, y le dejas al español la expresión de tus sentimientos. Van a asociarlo con el estereotipo que tienen del hispano–todo sexo como Almodóvar, todo tango–y las especulaciones cerebrales e intelectuales las llevas a cabo en la lengua anglosajona. ¡Qué insulto para la hispanidad!

–Pero Cenci, tú sólo me pediste el fragmento de la menstruación.

–Pero es que no quiero que después vayan a decir que yo te publico por amistad.

–¿Quiénes?

–Olmo-Olmo.

–¿Y a ti te preocupa lo que diga el sofista?

–No, pero hace daño. El otro día, le dio contigo.

–Déjala en paz, por Dios–le dije.

–Está quemada. ¿Qué importancia tiene hablar de un gargajo, o de una cáscara, o de

un moco, o de una pestaña, o de una lágrima?
¿Por qué no habla de temas que cambian la
condición humana? Es un derroche de talento
hablar de desperdicios humanos. ¿Qué quiere
probar?
–Algún asalto nos tendrá preparado.
–Se cree que todo es diálogos. Debería hacer
ejercicios de descripción. Tomar, por ejemplo,
una cara, y describirla. Porque se va del tema.

–Y los personajes tuyos se te escapan.

–Es una alegoría de los perdidos. Tú sabes lo que me hizo un muerto, me copió mi técnica de narrar cuentos.

–Esquizo-realismo.

–Mi escuela no se llamaba esquizo-realismo. Se llamaba Taller del Cuento.

–Esquizo-realismo.

–Dale con esquizo-realismo.

–Es que me parece más original. Lo único que no me gusta es la alusión a la psicología.

–Olvídate, el muerto me robó mi técnica de narrar cuentos. Surgía una voz grave, en medio de un agudo, y entonces respondía un pito lejano, con una flauta torpe que no sabía lo que hacía. El muerto no estaba muerto, pero se iba a morir, y yo no quería acusarlo de plagio.

–Y qué le dijiste.

–Nada, lo dejé pasar. Después de todo, se iba a morir. Y yo iba a seguir escribiendo. Aquí tachaste algo.

–Porque ya te lo dije. Una cosa es publicar mi libro como libro. Y otra este fragmento.

–¿Qué decía aquí?

–Hoy me levanto alegre. Pasó algo anoche que me transformó. Pensé que estaba de más para publicarlo como fragmento. The dream really starts with *Era una clase. Jabalí la enseñaba.* Yo estaba sentada en un pupitre en la primera fila. Todos los estudiantes eran niños de preschool. Yo era la mayor. Tenía la menstruación, y estaba conciente de que menstruaba. Mi uniforme era un largo camisón de chifón que me cubría las rodillas, y se inflaba cuando le daba el viento. Tenía bobby socks y unos mocasines. El pelo corto a lo Audrey Hepburn. Yo estaba tomando un examen sobre Rubén Darío. Jabalí se me acercó para leer mi examen, y me susurró al oído:

> *–El Niño. El Niño.*
> *–¿Qué con "El Niño"?*
> *–No hables de teorías. Firma el Niño en el examen. Con eso basta. No importa lo que escribas, el Niño tiene una A definitiva. No escribas tu nombre. El Niño es inolvidable. Al Niño sí que tengo que escribirle una carta de recomendación para Yale.*

En eso sonó una campana, y se levantaron los estudiantes. Yo no me atreví a levantarme. Y te hice una señal para que vieras si mi camisón estaba manchado de sangre porque el Kotex se me había trepado por el culo.

> *–Se me nota. Parece un bollo de pan.*
> *–No, está bien.*

Pero yo sabía que se me notaba. En eso sonó otra campana, y volvimos a sentarnos. Entonces un niño de unos tres años con cara traviesa, se me trepó en la falda, agarrando mis senos, dándome de nuevo tres años, tres años, tres traviesos y ojerosos años. Y no me dejaba ver nada porque no había nada que no tropezara con su carita de asombro, y mis tetas, guanábanas, las estaba exprimiendo, pero lo que hacía era quitármelo todo, todo lo que sabía estaba contenido en las manos que exprimían mis tetas y el niño me miraba sonriéndose, era obsesionante, como uno de esos muñecos de ventrílocuo, y me hizo penetrar en su mundo. Yo estaba subiendo una montaña, y habían unos pedregones y unos peñascos, y yo estaba siguiendo al niño descalzo hasta arriba en un camino recto. Desde abajo, su madre le gritó que ya era tiempo de descansar. Al oír su voz me di cuenta de que era Lourdes, la esposa de Eduardo, mi primo.

*–Lourdes–*le dije*–¿No te acuerdas de mí?*

Me miró como me miró Dulcinea cuando la había dejado abandonada en la cocina sin comida. Habían pasado tres semanas. Y tú te habías olvidado de que existía. The truth is I didn't dare to face her for fear she might be dead. And one day, I said: ¿Y Dulcinea? Fuimos a la cocina los dos a ver si estaba muerta. Y vimos que ya no era un scottish terrier. Her coat was orange and knotted, and her tail was long and hairy like a collie. How could it be that she was still alive and fat with so much hair around her eyes that she hardly saw what was going on around her, but she recognized me, and she looked me square in the eye, letting me know she was so lonely, so hungry, she had been eating books, eating empires of pain.

*–Maricona–*le dije–*¿qué haces aquí?*
–Tuve que dejar a Eduardo porque no me
hacía caso. No teníamos relaciones sexuales
y yo quería tener un niño.

Yo seguí al niño bajando la montaña, me tiré de prisa para
saludar a Lourdes.

*–Ya es la hora de dormir–*le dijo a su hijo.
*–¿Y tú qué haces aquí?–*me preguntó.
–Estoy leyéndome a Darío. Yo conozco muy
bien su obra. Pero estoy consultando este
artículo porque había olvidado la fecha, 1898,
y lo que significó el modernismo. Tú eres par-
nasiana, ¿no es cierto?
*–Yo soy lesbiana–*me dijo–*Hijo,* le dijo a su
niño, *es la hora de dormir.*

Y abrió las piernas. Y cuando las abrió, el niño metió la cabeza
en su útero.

*–¿No te duele?–*le pregunté.

El niño sacó la cabeza y me dijo:

–No le duele. Ni a mí tampoco. Y mira
como tengo la cara de arrugada, soy un perri-
to chino que tiene más piel de la cuenta.
No son arrugas de sufrimiento, ni de expe-
riencia, ni de madurez, son las caricias del

útero, es el cariño, la protección, ojalá y tú tuvieras una madre como la mía, puedes esconder tu cabeza, y sacarla cuando te cansas de estar descansando. Y mira, al aire libre, en Conservatory Park, metido dentro de mi madre, aún con los ojos abiertos, no me molesta el sol, es como si estuviera mamando, pero mucho mejor porque ni tengo que chuparle las tetas, sólo meter mi cabeza, y sacarla, parece un girasol, y es el girasol de la ternura, nadie ha recibido tanta ternura como yo, no sé si quiero crecer, o seguir arrugándome como una plasticina, me tuve que apretar mucho, mucho para caber de nuevo en el hoyo después de saber hablar, caminar, y de haber vuelto a la matriz.

Se volvió a meter por dentro, enroscando la cara. Y no volví a escuchar su voz hasta que me desperté.

–It was your duende.

–Well, he certainly wanted to possess me. He knew I was bleeding. He caught the smell of blood and was fascinated by it, like dogs, who recognize better than men when a woman is bleeding. They immediately start sniffing the crotch, getting high, inhaling, blood, death, life, sex. Menstruation was my first experience with mortality. When I used to play tennis with my friends, our conversations were based on this fact of life.

–Did it come?
–No, todavía no.
–We'll all get it, sooner or later.

My grandmother and her friend Elvira Matienzo used to read the obituaries together every morning, browsing for the names of their friends. I guess they awaited the news of death the same way we awaited the first drop of blood.

–Me gusta *Hoy me levanto alegre.*

–Dame una pluma, se lo añado.

–No, mándame más fragmentos con un curriculum vitae. Para que no piensen que te publico por amistad. Tú no sabes a dónde llega la lengua de Olmo-Olmo.

–Dale con Olmo-Olmo. Déjale en paz. Está quemado.

–Casi lo parí. Es mi hijo intelectual. Pero ya no aguanto su mezquindad. Imagínate, roba cinco computadoras, y yo le pido una–no me la da. Yo se lo daba todo. Él nada. Con un amigo así no se puede.

–A mí me dijo:

> –*¿Qué haces una mujer rica como tú enseñando tres cursos? No deberías enseñar.*

Y sabes, me convenció. Me sentí rica de verdad. Dejé de enseñar los cursos donde él enseñaba. Lo próximo que me enteré fue que él tomó mis cursos. Ahora no tengo ni un penique en que caerme muerta.

–Ese es el sofista. No le puedes creer nada de lo que te diga.

–¡Qué gran país!

–¿Por qué dices eso?

–¿Por qué no? La grandeza de un país la crean los poetas. Si un país tiene grandes poetas es un gran país. Uno sabe si un país es rico por la riqueza de su poesía. Y por qué no unir la riqueza de Martí y la de Darío y la de Neruda y Vallejo with the wealth of Whitman and Dickinson.

–Porque existen los Eliots y los Pounds que son racistas y facistas.

–Sí, pero Neruda odiaba a los americanos. Tenemos que empezar a romper las murallas entre nuestras dos Américas. Y nosotros–tú y yo–tenemos que ser los portavoces, somos bilingües.

–Tú serás bilingüe. Yo no traiciono a Neruda ni a Vallejo.

–Yo tampoco. Neruda fue embajador.

–No podemos ser embajadores porque no tenemos un país. Debido a que Puerto Rico no es un país que tenga poder en el mundo, yo no puedo establecerme como gran poeta. España creó a sus grandes poetas con su imperio. A través de su imperio los diseminó por el mundo. La gran poesía está ligada al bienestar económico de un pueblo. Así surgen Quevedo y Góngora.

–¿Y Julia de Burgos y Palés Matos?

–Perpetúan nuestra opresión–atollados, retrasados–en el eterno tapón de la guaracha. Queremos liberarnos.

–¿Y tú crees que la libertad nos va a liberar?

–Nos va a quitar el complejo de inferioridad que tenemos. Porque si somos libres ya no tendremos excusas de que no somos porque tú, americana, nos oprimes y nos quitas la libertad.

–Es tan infantil–echar la culpa. Por tu culpa, no soy libre. No termino el libro, por tu culpa, estoy atollada, por tu culpa. Basta ya de la culpa. El culpable es el que culpa. Por no aceptar su propia culpa. Soy culpable. Mea culpa. Si no soy libre, es mi culpa. Así se empieza un pueblo a liberar. Los poetas tenemos la obligación de crear palabras reales, que luego los políticos, las manosean y ensucian para crear la culpa y

echarle la culpa a los poetas que le quitaron la culpa a la realidad. Si yo no soy un gran poeta, no le voy a echar la culpa a
mi pueblo porque es una colonia. No, yo tengo la culpa. Y
me lavo las manos como Poncio Pilato. Ya. Me quité la culpa.

–Quieres oprimir a tu pueblo.

–Quiero dejar de pensar como piensa mi pueblo.

–Quieres dejar de ser puertorriqueña. Americana es lo
que tú quieres llegar a ser.

–No tengo que llegar a ser lo que soy.

–¿Tú eres americana? Escúchenla. Dice que es americana.

–¿Por qué voy a negar que nací aquí?

–Pero de dónde. Déjate de trucos.

–Y qué tú piensas de Fidel, dime, qué tú piensas.

–That's a frivolous question. Fidel transformed my life.

–Well, if he did transform your life then it's not a frivolous question.

–You asked it in such a casual manner.

–Ask her, seriously, come on, with your chin high and a
low voice. Not casual like: *Do you want butter or cream cheese
on your toast?*

–Never ask a Cuban about Fidel. It's like talking sex with
your parents.

–You always talk nationalities.

–Because Chicanos don't have a nation. Wherever I
go, I am considered to be the maid of the world. When in
Germany, I'm Turkish, when in France, I am Algerian, when
in Puerto Rico, I am Dominican. You know, she's not asking
you a frivolous question. She honestly wants to know what
you think of Fidel.

–I refuse to be baited by a flippant tongue.

–Do you have a gut feeling about him. If he transformed your life, you must have a gut feeling about him. That's what I want to hear. But no, you are afraid I am going to judge you: *reaccionaria o revolucionaria*. But no, I just want honest, goddamn guts–do you have vísceras. Háblame desde tus vísceras, desde tu exilio, desde tu transformación.

–Don't psychoanalyze me.

–I hate psychoanalysis.

–I don't, it's a very serious discipline.

–Then I'm going to tell you what you think of Fidel.

–It's a complex issue.

–I'll give you a complex answer: Es un Cabrón, con C mayúscula, pero ha hecho muchas cosas buenas por los cubanos. That's what your guts say.

–Don't speak for my guts. You don't know me.

–Don't pick on her. Let her finish her thoughts.

–She has no thoughts. And you, chicana mía, qué piensas de lo que está pasando en México.

–So far from God, so close to the United States. I am the maid of the world. I am married to a white man now, but I don't reap the fruits of his privilege. When we go to a restaurant, they still seat us near the kitchen, now my white man has become red, because he married the maid of the world. I am the one who holds up the lines at airports and bus terminals. I am always the suspect, and my baby is strip-searched because he looks like me, he is the only baby who is busted.

–I want to know what this has to do with identities.

–Poets and Anarchists are always the first to go.

–Where.

–To the front line. Wherever it is.

–Me encanta cuando se va en un trance. I long for those stretches of glazed silence.

–¿Cómo es? Así.

–No, así. Wide open without blinking. Only then can I slip into bed and light up the set without any trepidation.

–No sé cómo la aguantas. Cómo no peleas por tus derechos. Hasta en la India, las mujeres ven televisión, si la tienen. No le amamantes el vicio de mecerse. Eso lo que hace es separarla más de la sociedad. No ve televisión. No lee los periódicos. How can she write if she doesn't know what's happening in the world. She should go to jury-duty. Or town hall. I bet she doesn't even vote. If she would get a job. I offered her a job as a messenger. I need someone to run visas to Rockefeller Plaza. Fifty bucks a pop, under the table, papi. Pero no quiere trabajar tampoco. Es una dormilona, verdad. Se despierta tarde. A qué hora.

–Mumi, ella lee toda la noche.

–Eso no es trabajo, hun, eso es vagancia. Eso se hereda, como la borrachera. Mira a su padre, sentado en un sofá leyendo el periódico todo el día. Mientras que su esposa tiene que contar las habichuelas. Y además servirle el arroz.

–Rocking in children is a sign of loneliness.

–Es un peligro. She has to exercise her brain or she'll end up como su tía Violeta, con Alzheimer's porque eso se hereda también. Tú que hablas de sus trances, negrito, si no hay más que hablar con ella para saber que siempre está en Plutón. Cinco, verdad, son cinco. Es como Sybil. Si no le gusta lo que están diciendo, se desconecta y se agarra del próximo personaje. Shielding herself from la soledad que sufrió de niña. Pero yo estaba allí de testigo. Hace de una gotita una inundación.

–It doesn't matter if it's true, it only matters that she
believes it's true.

–You're doing her no favor by humoring her. It's all a
lie. Encourage her to write about her past, but afterwards,
show it to me, and I'll chop her demons down to size. She
has to confront reality in black and white. Look how she is
always twirling her hair and rocking like a goosey girl. And
yet, she is such a powerful public speaker. Perfectly calm.
Sybil, verdad, papi. La culpa la tiene Doña Juanita que no la
dejaba jugar con los otros niños. We used to break into their
jardín and shoot los pajaritos with sling shots. I was the best
shot. Ella nos miraba desde una ventana. Doña Juanita no
la dejaba salir con nosotros. She used to dress in pastels and
ruffles. Now look at her. I'm going to buy her a pink sweater
from Ferragamo because she looks so pretty in cheerful col-
ors. Why does she always dress in black, like Hamlet, mourning ghosts. Playing the role of a village artist. Insecurity.
Why does she have to pay $100 for a haircut. Insecurity.
I'll pulverize her delusions. Calling Lourdes a lesbian. It's
a shame that she has to definirse a ella misma by projecting
her sins onto others. She doesn't like me. Because I tell her:

> –*Cachapera, ven acá, mírate a ti misma en
> mis ojos.*

–No gracias, Mumi, tengo mi propio espejo.
–You could be free like me if you go to therapy.
–I don't want to be like you.
–It's not what you want to be. It's what you are. You don't
want to accept yourself as you are.

-It is so if you think so.

-You think so. You think so.

-No, I don't think so. But if you think so.

-I think so.

-Well, I am not if you think so. I am if I think so. Only, if I think so. Myself is not yourself. And it is not if you think so. Only if I think so. And I don't think so. So, if you think so, in my book, it is not so. Not if you think so, it is not.

-Era un teatro, con una cortina de terciopelo roja. Tú estabas tocando una guitarra eléctrica. Era la primera vez que tú tocabas en el Radio City, y de las cuerdas de la guitarra salía una sinfonía de Mahler. Yo estaba sentada en la primera fila sola, y detrás de mí, en la segunda fila, no había nadie, excepto una mujer bajita. Había hordes of rockers desorientados detrás de ella. Era algo que nunca habían escuchado-estaban impacientes, no sabían qué hacer: abuchar o aplaudir. Yo estaba apretando mi buena energía, con los puños cerrados y pensando:

> -Que todo salga bien, por favor, que vean
> las salchichas, el reguero, el torbellino, y
> que se metan dentro de la matriz del fuego.
> Ayúdanos, Dios, quiérenos. Danos universo,
> pan, arroz, habichuelas y duende, magia,
> fuego y el dinero de Allende.

De pronto la bajita en la segunda fila se levantó, y comenzó a cantar con la voz ruda de Mick Jagger. Tú tocabas la guitarra, con los ojos bajos, mirando al suelo, y ella, te dio la espalda, mirando al auditorio, y cantando con la voz de orégano, alzó la mano y los dirigió para que cantaran con ella.

–*Vue–lo. Vue-e-e-lo.*

Los rockers respondieron con gritos y aplausos:

–*Look who it is!*
–*Vue-e-e-lo*–repitió la cantante.
–*Vue–lo. Vue-e-e-lo*–cantaba el auditorio.

Yo estaba tocando mis sienes, mi cabeza estaba explotando:

–*Llueve, llueve, y me mojo.*
–*Vue–lo. Vue-e-e-lo*–she thumbed over her shoulder–*Follow the music. Listen.*

But, when she pointed at you, you dropped the guitar and ran backstage. The crowds were screaming for her to sing without you.

–*What happened? We were fantastic.*
–*You were fantastic. I loved when you gave the vuelos the e-e-elos. You were the only one who understood. I must say, however, that when you sang to the audience, you turned your back to her as if she were your back up musician. Wait here, I'll talk to her backstage.*
–*What a lack of respect*–you muttered. *Yelling vulgarities.*
–*They loved her, and she loved you.*

–Perdón siete.
–You can ask me to say sorry seven times,
fourteen times. But a woman you don't even
know, a woman who could make your career.
–Siete veces–you insisted*–on her knees.*

But I knew you would accept her apology. She came backstage and embraced you.

–Excuse me, I didn't turn my back on you.
And if I did, it's because I was feeling the
music on my back, and I wanted to confront it
face to face. Back to back. Front to back, back
to front, inside. It was an injection of vitality,
a shot of vuelos.
–How was that vuelo?
–Vue-e-e-elo–she sang to you, took your
hand and together you walked on stage. The
fans stood up, whistling and screaming.
–Success. Success–I called my father*–Full house.*
*–You sang?–*he asked quietly.
–No.
–Did you play an instrument?
–No.
–Were you on stage?
–No.
–So what success is it for you? Jualara. Jualara
before it is too late.
*–What is he saying?–*you yelped in the back-
ground*–That I wasn't a hit? Tell him who*

sang with me! A full house, tell him. Jualara?
He should go jualara himself.
–I thought you said she wasn't there–he said.
–I can't jualara. People who jualara don't win
grants.
–What grants are you winning? Listen, I don't
want to tell you what to do, honey, but if I were
you, I'd jualara, jualara as soon as I could.

–Exacto. Eso es lo que tú eres, la intercesora entre el creador y el público. Y pensar que por poco lo jodo todo, yéndome del escenario, si no es por ti, la música no llega a los oídos del pueblo. Claro, tampoco puedo olvidarme de la famosa que se llevó la melodía que no tenía melodía, porque era amorfa, y le dio una forma de expresión para que el público la entendiera. Y tú, tras bastidores, hablando con ella, hablando conmigo, fuiste tú el éxito. But there's a latch that doesn't click. I swear, I would have not run off the stage. I would have invited her on stage to sing with me. Or, I would have joined her in the audience so she would not hog the spotlight.

–Unabashed narcissism. It's not you. It's Tess. She doesn't know who she is. The singer is her arrested libido telling her to turn her back on you, the composer. But the composer is her other self. She is all the characters in her dream. That's why you don't identify with the composer. Because it's her personality. She is so defensive that she even guards herself against success, sabotaging herself under the pretext of dignity because she has no confidence in her creative power. Even a simple gesture–the singer turning to face the audience–makes her feel weak. It's her weakness–because you make her weak, and that's why she disguises her weakness with your face. And the singer, who has an accessible voice of her own, seeks liberation from you. But her third ego–the only one she accepts and she recognizes as herself–is the mending one–that's why it has her face. At the end, the voice of her father, the voice of her conscience, tells her: Escape from the only self that you dare to recognize as yourself. Develop your own voice. Why do you have to be her stage hand and sell yourself short. Jualara.

–No les escuches. Tú lo hiciste todo posible.

–Pero no creaste la música. Jualara. Ni cantaste. Jualara. El público aplaudió a la compositora y a la cantante. Pero no te aplaudió a ti. Y te dice que eres la intercesora pero la intercesora fue la cantante. Jualara.

–Pero tú fuiste the power behind the throne.

–Do you want to be behind the throne or on it.

–You are a star either way.

–Don't patronize her. Her self-esteem is low enough. Always sacrificing. You want to be a translator? Being a translator is a noble business if you're Baudelaire translating Poe. But you still have to write <u>Flowers of Evil</u>. Or are you expecting her to write all your poems for you. Your name will always be in a smaller font. Why should you sacrifice. I see how much you have inside. Don't let your hunger eat you up. She takes your friendship for granted. You don't envy her, you don't feel jealousy, you don't feel anything dark inside your heart, when you see that she's shining because you are her cheerleader with twinkling eyes. You clap, they clap. If I had you, I'd have Leo Castelli by now. I need a Tess.

–Go ahead and take her.

–I could not exploit her like you do. I would encourage her to finish her Ph.D. Find her own voice. She is your emotional crutch. If you don't write, you blame her, you spill your coffee, you blame her, you bite your tongue, you blame her. Poor thing, she's too young to know any better.

–I wonder why she thinks you're so easy.

–Don't step in her snare. You're attacking me to defend yourself.

–You think that if you had a Tess you would have a show at the Whitney. You think Van Gogh was Van Gogh because he had Theo. Theo was Theo because he had Van Gogh.

–You need to do some soul searching. Don't let yourself be swayed by her every need, cater to your own needs. Establish a reputation with people who can pay you. Octavio Paz, García Márquez. Build a career. Why be un escudero. Nobody can squeak a peep because tú sacas tu escudo y la defiendes. But artists need to feel frustration in order to create beauty. Unrecognized, she strives, pampered she dies. Cría cuervos y te sacarán los ojos. Y créeme. Te los va a sacar.

–Yo no soy un cuervo. Yo no tengo ojos. Yo soy ciega. Yo soy muda. Yo soy sorda.

–Indefensa palanca de un cangrejo. De muerta mosquita nada. Has picado a muchos y no te creemos más el cuento de la poesía pura. Eres una ambiciosa. Pero la poesía, la poesía ha sido siempre el arte del ocultamiento. Vislumbra en la oscuridad. Y crea en la tiniebla. Sacarla de las tinieblas la hace ciega. Salir a la luz, deja ver las costuras. Nadie quiere ver la historia de las heridas, lo que importa es el mito, la trascendencia y la oscuridad.

*–No wonder–*I thought. A black cat had crossed my path.
I was on my way to Iris Pagán's house for a reading that night.
There she told me that a dead man was hanging on my neck.

> *–Tienes que frotar por todo tu cuerpo des-*
> *nudo un trozo de carne cruda.*
> *–Sangrante–agregué.*
> *–No te suelta.*
> *–Yo, un muerto.*
> *–Hace daño. Te carga la espalda.*
> *–No lo siento.*

Pero, la carroña comenzó a hacer escantes con mis sesos. Por
la noche, no podía pegar un ojo. Te lo conté.

> *–Tienes que botar el pedazo sangrante en un*
> *paquete con veinticinco peniques.*
> *–Dónde.*
> *–Sobre los rieles del tren.*

Después de lavarme con la carne cruda que me abrió zanjas
en la espalda y me sacó unas doradas ronchas encaracoladas,
nos dirigimos directo a Penn Station.

> *–¿Metiste los diez centavos?*
> *–Veinticinco.*
> *–¿No te dijo que eran diez?*
> *–No, eran veinticinco en el saco de papas con*
> *el muerto.*

La salida de unos trenes estaba anunciada a las doce en punto.
Nos colamos, bajando unas escaleras, dando vueltas alrededor de las esquinas, y corriendo muertos de miedo–feeling
the pennies jingling and the meat bouncing–hasta llegar al
subterráneo. Allí vacíos andaban rodeados de ratas los rieles.
Tú miraste disimulando hacia un lado y yo cerré mis ojos y
lo tiré:

> *Fuera. Fú-Fú. Cómete tu hechizo. He metido*
> *dentro del puño un pañuelo con un nudo–el*
> *nudo desátalo en tu garganta. Grrrrr. Gruñe.*
> *Gárgara. Fuera. No más daño. Lejos de*
> *aquí. Fuera. En la candela, bruja, en la bur-*
> *buja, sal, vinagre, pimienta, candela. Fuera–*
> *Fú. Fú.*

Cayó de cabeza y el muerto salió del saco. Al acecho fer-
viente de la carne también venían en manada hambrienta
las ratas. Se le acercaron. Lo husmearon. En eso, pasó el tren,
y debajo, sin ser pisadas esperaban las ratas. El muerto había
sido arrollado por el tren. Luego se lo comieron las ratas.
   –Qué tragedia para el muerto. Tres veces muerto.
   –A lo mejor más. Quién era.
   –La carne busca a la carne.
   –Nuestras vidas que van a dar a la muerte.
   –Phew–fue un exorcismo.
   –No sé como me atrevo escribirlo. Y no es por exor-
cismo, te digo. One of these days.
   –Please don't count the years. There is something in this
that I am still looking for. Era Pancho Corzas.

–Está muerto.

–Todo el mundo piensa que está muerto. Pero no lo está.

–Murió en el 84. Antes que tu hermano.

–Te equivocas. Bianca también pensaba que lo estaba.
Resulta que fue una escaramuza para pintar lejos del mundanal ruido. Mejor muerto. Así los pintores no lo envidiaban. Subía el valor de sus pinturas en Sotherbys y en Christies. Y además, mientras todos pensaban que muerto yacía, estaba vivo pintando sus mejores cuadros desde el 84 en Europa escondido. Vi sus pinturas–las que allá pintó–destacaban sus colores amarillos redondeados por sus alrededores y sucumbiendo ante los amarillos unos negros pintados con un Magic marker que tenía las marcas de la muerte.

–La que resucita será. Siempre he pensado que lo mejor se hace en el closet.

–Si hubieras visto la cara de Bianca cuando lo vio regresar con su boina francesa. Y abstemio. Inmediatamente de México me llamaron. Yo se lo conté a Iris Pagán.

–Before or after she died.

–After, and she told me she wanted to visit him and see his new series. I felt this dream had something vital to do with me.

–Maybe with joining the world again.

–What do you mean.

–Start working outside

–No, with my book. I thought the structure was capzising. It came back to life like Pancho with new visions.

–Este libro, yo siempre lo había pensado así, pero ahora cuando lo leo me convenzo más. Ya tienes todos los rinconcitos creados, ahora tienes que llenarlos de esculturas, de bagatelas, de diamantes. ¿Por qué apurarte? No hay prisa.

Es una biografía. Y tu vida está comenzando. You can write other books, y este, keep it on our night-stand. Si lo publicas ahora–how many other dreams, thoughts, fights will come– and you can replace the worst with the best. And the best–it's a matter of timing–when you continue living–you'll realize– *wait a minute, this fragment I wrote two years ago is obsolete. I'm talking about* <u>The Piano</u> *when I should be talking of the latest movie in town.* That's how time is. And you're trying to conquer reality. How are you going to know it's ended if you are still alive.

–And what do I do with the malicious people who come to me and tell me:

> *–Did you finish it?*
> *–Almost.*
> *–You have been saying that for years. Did your juices dry up? Watch out you're losing credibility. And what about the grants you won to finish it.*

–Most of it is complete.

–The penumbral zone of past impressions. But what about the future.

–Future editions can add future episodes.

–Wouldn't it be wonderful to write a book all your life–a book that's about your life with all the elements of a biography–but it's not an autobiography. Not a Dream Play. Not a novel. Not a poem.

–A lifetime work in progress. It's a terrifying concept. You would be amazed how many times I thought I was fin- ishing it, when another idea struck my head, another thunderstorm hit, y otros pedazos caían en el saco sin fondo, y se formaban nuevas geometrías, nuevos cuadrados, otros cuartos que aparecían, y que yo tenía que decorar.

–A quarter to the left, first panel, a quarter to the left, second panel, a quarter to the left, third panel, a quarter to the left, fourth panel. And then, all of them, at the same time, a quarter to the right. And there you have it: musical fugue.

–But don't they fall into the same order if you are turning all of them a quarter to the left, and then a quarter to the right.

–Look, look at them. Did they fall into the same order.

–No, but I don't understand why not.

–Tess, honey, you understand. Explain it to them. They don't have a logical bone in their bodies. They are poetic.

–Mona, would you like to be called artistic. No, you are an artist. She is a poet. And he is a philosopher.

–But they're not logical.

–We are very logical. And don't embark Tess in your same boat. Tess understands Paco Pepe and me. You say we are confusing.

–What logic is there in sprinkling paprika on my butterball turkey? I'm a maniac for order and cleanliness. That's why I unzipped the gray cat's coat.

–Paco Pepe believes in magic. He'll sprinkle his magic powder and pour his magic syrup into the rice. You'll see how it tastes.

–Tess, Tess.

–Just a moment, Makiko.

–What about the composition.

–Look, Tess, look.

–Fire, Mona, fire.

–El mantel is burning, burning, burning.

–Agua, agua.

–No agua. Use napkins. No agua.

–¿Y por qué no agua?

–No agua.

–Why not agua, agua?

–El fuego se quema con agua. La Mona esa habla de lógica. Pero que lógica tiene apagarlo con las servilletas.

–My whole party ruined. My whole table burned.

–Echale más paprika a su pavo. Y más Coca-Cola al arroz ahora que está ocupada.

–My whole dinner ruined. My table cloth in flames, in flakes. Ruined.

–Absurdo, te das cuenta, a nadie se le ocurrió apagar los candelabros.

–Sería apagar la magia. Y la fiesta no ha comenzado.

–Alguien está tocando. Abre.

–Jonathan, you're late.

–¡Qué viva el Imperio de los Sueños!

–¡Qué viva Jonathan Brent!

–Qué viva Paco Pepe!

–¡Qué viva Kiko!

–¡Qué viva Tess!

–¡Qué complejo tengo, coño! Tanto Imperio de los Sueños. Pero Paco Pepe, a ti te gusta más mi nuevo libro.

–Son dos cosas diferentes.

–Pero cuál te gusta más.

–No has caído. Estás creciendo continuamente.

–Pero yo quiero saber cuál es tu favorito. Dime, por favor, dime.

–Es algo que nunca te diré.

–Nunca sabré la verdad.

–Para el gusto se hicieron los colores.

–Pero, dime, Jonathan, how is it doing?

–Well, I don't know if I should tell you this. Well, okay, they are bidding on the paperback rights.

–Who, Jonathan, who?

–I'm not at liberty to tell you this.

–Tell me, I won't tell anybody.

–The Italians and the Germans want it. And even the Spaniards want to translate it into Spanish.

–It was written in Spanish.

–Does Yale have the rights in Spanish?

–It's the only rights you don't have.

–Did your publishers in Spain ever pay you?

–I know what you want–you want to eat me up. I sold you Manhattan for twenty-four bucks.

–And some glass beads.

–And now you want me to surrender Spain?

–They never paid you?

–Not a penny. But I read in *El Licenciado Vidriera*, it's a problem that has existed in Spain since Cervantes' time. They tell you they print one thousand copies, when they print five thousand–and then they reprint the second edition, and they don't tell you that there is a second edition. I know what you're thinking. Hey, don't get any funny ideas.

–Don't get excited. Suppose it only sells a few dozen copies, then the deals fall through.

–Who? I won't tell anybody. Top secret.

–It begins with V.

–Vantage, Viking, Vintage. Is it Vintage? They published Joyce. That's my first choice.

–It depends who offers me more. But maybe I'll keep the
rights. We won't be able to sell as many copies as the com-
mercial presses, but if we can unload a couple thousand copies a year, we'll do all right in the long term.

–Keep your classics in stock. What would you have if you
sold Gertrude Stein or Eugene O'Neill.

–Suppose they make me an offer that I cannot resist.

–How big is cannot resist?

–Shh, come, lend me your ear.

–That's all? You can resist that.

–But this is poetry. It's a nice offer.

–What a dramatic table setting.

–My whole party ruined.

–No, Mona, chance as collaborator. It was just a piece of
cotton, and now it's material for history. El mantel cuenta un
misterio. Está experimentando la vida. Se ha quemado. So
what? It's beautiful.

–Is it better than mine? It is, isn't it? Admit it. It is better
than mine. Isn't it?

–You tell me. Is that what you feel? Because then I'll go
with the better.

–She is a better painter than I am a writer. She is. She
has to be. These four panels of a musical fugue come out of
freedom and solitude. Nobody interferes with her muse. Oh,
I am painly jealous.

–Plainly zealous.

–What? What is my kindered spirit saying? It was all so
much hustle and bustle sculpting the body of Jane, cutting
piece by piece, until I made her scream:

−*Homo Poeticus.*

You stole it from me. I told you I love it. It was my love you wanted. You stole my fire. I no longer have a muse. Go. Go with her.

If she is a better painter than you a writer it's your duty to get on your knees and tell her:

>−*Mona, you outdid yourself. You outdid myself.*

−I wish I could do as well and alone. Being free of these other voices that persecute me. The blue mask of *Homo Poeticus*−I gave you the second panel. You took it from me. It's mine.

−Nerves of steel, lady, *Homo Poeticus* is mine.

−You flung the sketch in the garbage. I pulled it out. And because I wanted it, you desired it.

−It's sexual bread. Feel it.

−A round puffy ass.

−If it's sexual bread it's like Mona. Give me some.

−What are these people going to think. *Homo Poeticus* was mine.

−Yes, but it was me who recognized it. I told you it was good. And you set fire to my desire.

−As if thunder could be stolen from the map of the universe.

−Yes, it can, and sometimes the imitation outdoes the original. And it all makes sense. Unguent. Perfume. Laquearia. In the dripping red panel. The fire, Mona, the desire.

–Cuántas aceitunas tú tienes aquí.

–Tengo cinco aceitunas. Me comí cuatro. Y me queda una. No te la voy a dar.

–Dámela, por favor.

–Okay, cómetela. Yo me comí cuatro. Tú sólo tienes una. The world is fine like this. It's good for my stomach. I ate three. You watched me eating the fourth. And you asked for the fifth. I gave it to you. You asked. How kind. I ate four. Gave you one. Did you want to eat what I had–you had less than me–didn't protest–are you hungry–why did you let me eat the other four–without saying a word–and now you even have the courtesy of asking permission–I am the boss because I didn't mind eating the other four–I didn't think about you–that's what made me the boss–I am still hungry–are you satisfied–I gave you my olive–a pit of my appetite. The world is fine if you feel fine. I ate four. You only one. We are compatible. We ate five.

–Pum, Pum–Paco. Pum, Pum.

–She's poetical, pero no tiene una Poética.

–Sí, sí, sí

–It's chaotic. She's looking for the order of chaos. Pero no tiene order tampoco.

–Sí, sí, sí

–Mira, ten cuidado con Xana. Le acaba de decir a Paco que tú no tienes una Poética

–¿Y qué dijo Paco?

–Se sonrió: sí, sí, sí

–Sí, no tiene Poética. O sí, tiene Poética

–No sé. Dijo: sí, sí, sí

–Como el estado libre asociado. Los puertorriqueños son puntos y comas. No pueden decidirse o por el punto o por la coma. Of course I don't have una Poética, para ella, si no ha leído mi obra.

–Why do you care what she says.

–Why do you tell me what she says.

–Pum, Pum–Paco. Pum, Pum.

–Y las mías–no son bien suaves también.

–Yes, they are soft, but hers–touch hers, she really has soft hands.

–Y las mías son bien suaves.

–Yes, they are soft, but hers, sheer silk. She hasn't washed a dish in her life.

–You're not kidding.

–Spoiled. Spoiled rotten.

–Hey, dame la mano.

–Y por qué te tengo que dar la mano. Simplemente porque tú me la pides, sin estar seguro si hay una cierta amistad, algo que te indujo a pensar que yo te la daría, sólo porque tú me ibas a pedir la mano, yo te la iba a dar, no te la iba a negar, pero mi placer no es el tuyo, el tuyo está en mi mano, el mío en negártela. Tant pis. ça m'est égal.

–Y es bien cierto lo que dijo nuestra reina.

–¿Qué dije yo? Ya no me acuerdo.

–Sufre de la misma amnesia colectiva que sufre su pueblo.

–¿Qué dije? ¿Qué dije? Ya no me acuerdo.

–No te perdono lo que me dijiste. Yo sí lo recuerdo.

–¿Qué dije? Perdóname.

–No te perdono.

–Ahora te perdono. Si me dices lo que te dije. Por favor, dímelo.

–Ya lo olvidé. Lo tengo en la punta de la lengua.

-The chair I sat in, like a burnished throne, glowed on the marble, where the glass held by standards wrought with fruited vines. Yo estaba leyendo con cinco feministas. Ya habían leído tres de ellas. Y yo me preguntaba: ¿por qué no se sientan en la silla? Ellas me habían dicho, hay una mesa, y tras la mesa, una sola silla. Así es que no puedes leer con Tess. Sólo una se puede sentar en la silla. Pero ninguna de las tres se sentó. Leyeron paradas. Y el trono vacío-esperándome-from which a golden cupidon peeped out. Another hid his eyes behind his wing. Doubled the flames of seven branched candelabra. So I was very angry because they thought I could not read well without Tess, and when my turn came, I sat in the chair and stole the show. Now a woman complained:

> -Stand up. We cannot see you.
> -Madam-I answered-there is a throne here
> and I am going to sit on it.

-Pum-Pum, Paco, vamos a bailar.

-Después, Xana, ahora estoy fumándome este cigarro.

-Bin gar keine Russin, stamm' aus Litauen, echt deutsch.

-I feel Croatian, surrounded by all these languages.

-And, and, when we were children, staying at the Archduke's, my cousin, he took me out on a sled.

-You stole that sled from my diary. It was not my cousin's, it was my brother Benny's.

-No, she took it from Rosebud, Rosebud, the sled in Citizen Kane. What Orson Welles had lost was a sled-his childhood-in a big bonfire. La hoguera de las vanidades.

–The fire, the bonfire–I still see it–it is burning in flames my eyes. Tyger, Tyger, burning bright, in the forest of the night, what immortal hand, or sight, build thy fearful symmetry.

–Oh, be drunk, be always drunk.

–Yes, be always drunk with fire.

–Tyger, tyger, burning bright, in the forest of a night.

–I see him coming.

–Fire, Mona, fire.

–Reflecting light upon the table as the glitter of her jewels rose to meet it, from satin cases poured in rich profusion, in vials of ivory and coloured glass unstoppered, lurked her strange synthetic perfumes, unguent, powdered, or liquid– troubled, confused and drowned the sense in odours, stirred by the air that freshened from the window.

–Yes, crack a window–it's stuffocating. El aire no resbala por la chimenea. Y prende el fuego. Madera, madera. It's Christmas.

–Well, she stole my diary. That was written in my diary. And down we went in the mountains, there, were you feel free.

–And I was frightened. He said, Marie, Marie, hold on tight.

–He said, Mona, Mona, hold on tight. And down we went, in the mountains, there where you feel free. I have never experienced that wild freedom of death again. Sometimes, like now, the fire burned like a tyger, tyger, burning bright, in the forest of the night.

–Mona, look at my new glasses.

–Spectacular. Put them on.

–I am seeing the tygers burning bright.

–Wear them, you'll experience las hormigas tyghding back your sight.

–Cushions, give me cushions. I need comfort. I need to feel cozy, mushy, like in my bed. I want to go, down the mountain, with her, in her sled, there where you feel free.

–Come here, I'll lend you mushy cushions. You'll feel the comfort with me.

–These ascended in fattening the prolonged candle-flames, flung their smoke into the laquearia, stirring the pattern on the coffered ceiling.

–I still prefer this painting of Mama Mona. The setting of the stage. The candles burning. The tygers, tygers, running wild, in the forest of the child. Laquearia, unguent, smoke, in rich profusion.

–I am burning, it's too hot. Crack another window.

–I fell deep into sleep. The comfort burning bright in the forest of the night.

–Where am I?

–Here, in Mona's house. You're just drunk.

–Be drunk, be always drunk. And, if sometimes, on the stairs of a palace, or on the green side of a ditch, or on the dreary solitude of our room, you should awaken and the drunkenness be half or wholly slipped away from you, ask of the wind, or of the wave, or of the star, or of the bird, or of the clock, of whatever flies, or sighs, or rocks, or sings, or speaks.

–I ate too much. Las alas del pavo are starting to flutter inside my belly. I'm stuffed. I can't budge from this chair. I'm falling asleep.

–My head is spinning. In a rollercoaster. Down and up la montaña rusa–there, en las machinas del parque, where you feel free.

–Mona, Mona, hold on tight. And down we went, again, against the mountains and the cushions, against the death, there

Oed' und leer das Meer

There, in the mountains.

    –There, again, cambia el disco rayado.
    –There, again, in the mountains

    Oed' und leer das Meer

    –What does it mean?
    –Where you feel freeeee.
    –Yo no sabía que ella sabía alemán.
    –Pero su pronunciación es fatal.
    –Sabe más que tú.
    –Cómo vas a decir que Paco Pepe no sabe alemán si es un filósofo. Hizo su tesis doctoral sobre Nietzsche.
    –¿Cómo es su pronunciación?
    –Perfecta.
    –*Bin gar keine Russin, stamm' aus Litauen, echt deutsch.*
    –¿Qué quiere decir?
    –Ya te lo dije: *there, where you feel free.* Summer surprised us, coming over the Starnbergersee.
    –Did you see a lot of things?
    –Yes, thank you very much, many bright things whirling, wild and open in a rollercoaster.
    –With a shower of rain, we stopped in the colonnade.
    –I never liked Eliot. So unsensual, unappealing, repressed. I mean, being in the closet is all right, if you

come out, someday. But he never came out. And then he
wrote:

> Burning burning burning burning
> O Lord Thou pluckest me out
> O Lord Thou pluckest
> burning

He really was burned–repressed–and that's why he says:

> O Lord, Thou pluckest me out.

–What does *pluckest* mean?
–Oh, Dios, por qué me desplumas. Dios lo desplumó, y
por eso se hizo religioso. His sexual desire was so repressed
hasta que Dios le quitó todas sus plumas. Pero qué es un
poeta sin plumas. Es como un vampiro sin dientes. O una
bruja sin escoba.
–I would have never written:

> Do I dare to eat a peach? Shall I part my hair
> in the middle?

I would have eaten the peach. I have eaten plenty. And why
is it so difficult to part your hair in the middle. Scardy cat,
pussy cat, pusilánime.
–O Lord thou pluckest meeoowt.
–Meowt. O Lord thou pluckest meeoowt. Oh Dios, me
estás pluckeando del closet.
–She doesn't understand anything. She's like my aunt. I
asked her what *son of a bitch* meant.

Son of a beach–she explained–*son las putas
americanas who come to Puerto Rico and
have sex on the beach, and sus bastardos are
called: son of a beach.*

–Now, I really understand. I'm really plucking the mean-
ings. Deshojando las margaritas:

*me quiere, o no me quiere
me quiere, me quiere*

–O Lord Thou pluckest me out

Burning burning burning burning

–I figured it all out. I conquered Jabalí with this poem.
With it, I'm now going to conquer the world. You see, uno no
da, llévate más. How many orgasms does it take to make you
happy. What they usually do is excite your desire, and your
longings. If I had it once, I want to have it a thousandfold.
More, more, more–you have to give more, more infinitely
more, more to one thousand platitudes, nothing is there
where more is, except your desire to give more, or a greedy,
greedy feeling, that can never stop, once it emerges, a little bit,
a tiny-weeny little bit, it starts complaining and whining, it
becomes unbearable, you don't know what you want, but you
certainly know you want more, more, more. I know what I
want. I want more, more, more.
   –A quarter to the left, first panel, a quarter to the
left, second panel, a quarter to the left, third panel, a quarter
to the left fourth panel. And then, all of them at the same

time, a quarter to the right. And there you have it: musical fugue.

Frisch weht der Wind
Der Heimat zu
Mein irisch Kind,
Wo weilest du?

–¿Y habla usted alemán? Qué sorpresa.

–No, me lo aprendí de memoria. La primera vez que lo escuché fue como escuchar una tempestad, y yo caminar desnuda en medio de una tormenta. Este poema va a ser parte de mi vida. Cuando me lo aprendía de memoria, cerraba los ojos, encontrando mis deseos y mi pasado muerto:

Soledades andantes reposadas en mi pecho
Muñecas paradas en mis manos
Cantando bellos himnos están danzando los
muertos

Los muertos míos, mis amigos, los que escribieron en páginas amarillas palabras. Palabras que te hablan, que te dicen lo que significan las palabras mágicas con que se abre la puerta:

Abra cadabra. Pata de garra.

No hables sin saber lo que estás diciendo. Y no cruces la calle si la luz está roja. Pero como no hablar diciendo lo que siento aunque el sentido que le doy sea diferente al que espero que tenga, y al que la gente dice que tiene. Muchas veces me digo: No soy loca. Soy lúcida. Al carajo con la verdad. En un

arranque de desesperación uno puede hasta pegarse un tiro.
O caer en las trampas de Jabalí.

Here, said he, is your card.

–Did you take it?
–Of course, I did. Look. He fooled me. I believed that
those were pearls that were his eyes. I had a terrible cold.
Now I cough like I have done all the way up to here. The
cough I hear when I cough is a thunderball. A snowball.
And el gargajo. It clears my throat to cough.

Madame Sosostris, famous clairvoyante,
had a bad cold

So you can imagine how her voice sounded.

Nevertheless
is known to be the wisest woman in Europe
With a wicked pack of cards

She's a witch, don't you see, she could be one of the witches
in Macbeth.

Double Double Cauldron Trouble

Trouble is bubbling. Watch out. The witches of Oz, and Jabalí
is roaring his throat, ahem,

With a wicked pack of cards

–So, why did you succumb to the cough, or to the wicked deck of cards, when they were shuffled, you should have known, what they meant, when she said:

> *Here is Belladona, the Lady of the Rocks,*
> *The lady of situations*

That's you, my darling. She was beckoning you.
  –Don't point at me.
  –It was fire what she wanted.
  –And fire she got.
  –Fire, Mona, fire.
  –Doubled the flames of seven branched candelabra.
  –And I was demented. The wicked pack of cards continued shuffling.

> *Here, is the man with three staves, and here*
> *the Wheel*

That drove me nuts. To hear that the wheel was roaring its klaxons. Blowing its horn. Oh, my God, what do I do now. How can I survive this devastation of my whole being. Where am I going to be tomorrow. How can I prove my point if I have no point. Not that I had a point before. But at least, you know what I mean, I knew where I was going. Hasta cuándo tengo que estar sintiendo las repercusiones. Lo que tú le hiciste a fulano de tal–repercute en mi contradicción. Aunque yo sea un organismo aparte que se nutre de un vegetal como tú, tú no me lo contradijiste, en el momento en que lo dije yo, tú no me opusiste tu caso, con una contradicción, mi respuesta viajó por el pan nuestro de cada día sin ninguna contradicción, hasta que llegó aquí, donde le pusieron toda clase de peros–pero tu contradicción repercutió como una bocina en un diafragma de sonidos–en tu respuesta estaban todos los dimes y diretes que me han venido persiguiendo desde entonces. No quiero saber nada de ti. Pero al no querer saber nada de ti, estoy negándome a mí misma una parte que es tuya, sólo tuya, y que le pertenece a las entrañas que están enterradas en mi ignorancia–me aparto, cómo puedo apartarme de mi propia melancolía–tú dices: desarrolla lo que crece hacia afuera y entierra lo que crece hacia adentro. Y lo que está enterrado–yo me pregunto–está muerto, o sólo está enterrado–porque yo no quiero verlo, y le echo tierra encima–para que se acabe de morir–pero palpita como un pecho enamorado, y late notas excelsas, y cruje y muge y se levanta la montaña, y aunque debajo de la tierra, enterrado, porque no lo quiero sacar a la luz, explota fervoroso y ferviente como un volcán.   He tratado de matarte, enterrándote, y hubo un tiempo en que pensé que estabas muerta, y ni siquiera pensaba en ti–tú me habías abandonado, sin lumbre, no sentía las luces blancas circundando antorchas alrededor de mis nimbos, y las coronas de laureles, que se asentaban sobre mi cabeza, habían dejado de existir, como los nombres me habían dejado de poseer.   Entonces llegó la perezosa fama, que llega siempre cuando más vacíos se sienten los adjetivos, y sin mención alguna, fue señalando con el dedo mi nombre. Y luego tú volviste, con otro nombre más excelso a sentarte en mi nombre, y a nombrarme con otras direcciones y remitentes.   Quiero decirte, que nunca te dejé, siempre guardé un sitio pendiente para tu nombre, cuando llegaras deseosa de poseerme, y estoy segura que al haberlos poseído como me poseíste a mí, pensabas en que me volverías a poseer, con la posesión de los otros, porque habiéndolos poseído, después de haberme dejado, los poseías con mi vacío, y a mí, luego, con el vacío lleno de todos sus recuerdos, de todos sus vientos. Y ahora que me estableces, me posees, me señalas con los cinco dedos, y con las cinco bocas me besas como los peces, pero no me dejas ni un instante sola, tu compañía no me molesta, porque lo que tú me dices me gusta redactarlo de otra forma, y yo lo interpreto con el estilo que le da la forma en que tú me lo entregas, dejémonos de idealizaciones y de romanticismos, me hubiera gustado saber dónde estuviste, y en qué forma te metiste, o si fui yo la que te eché de mi casa, claro, fui yo, porque estaba harta de que no me entendieran, de que dijeran habla chino cuando escribe, quería llegarle a las historias, quería sentir el común denominador, y tú no me abandonaste–hiciste como que te ibas, y me hiciste sentir tu ausencia–oh, boy, did I feel abandoned–la gente piensa que eres demasiado subjetiva–y por eso te entierran debajo de la tierra–a ver si te mueres de pena, y los abandonas, algunos piensan que hasta traes mala suerte, para mí, eres la más grande de todas las mujeres, eres el hombre más bello de todos los hombres, eres mi poesía. Me levantas a la hora en que me tengo que levantar. Me acuestas a la hora en que me tengo que acostar. Pero no me das lo que te pido. Siempre me lo das. No puedo decirte qué me das, porque no me das más lo que quiero. No quiero lo que quiero. Quiero lo que quiero. No sé pedir lo que quiero. Sé que no tengo algo–algo me falta. Sé que hay un cohete que se embala como una píldora–y no hay nadie que me dore la píldora, se embala por la barriga como un cohete en el espacio, sé a dónde quiere llegar, pero todavía está perdida en el espacio, no ha encontrado su órbita para viajar desorbitada en la órbita, con una brújula, y embalada, como

una pepita, despepitada como una dinamita, pero directo a
su pepita, o a su dinamita se embala el cabrito que cabrita en
la cabrita y se empepita y embala como una dinamita y una
papita frita empaquetada en un paquete de mentiras labradas
en marmitas bien chiquitas, para utilizar los diminutivos de
la lengua marchita, borrosa se alumbra, y resplandece como
una marmita, en el saco sin fondo, y sin columna vertebral,
donde suenan los lebreles de la lengua, y las lagunas de la lengua vacía y plena, sola y llena, para utilizar las plumas que le
han salido a la lengua, con dos besos en la frente, y uno en los
cachetes, son tres besos de frente, y uno en el trasero, que se
convierte en dos besos en los dos cachetes de los dos fondillos
donde surte su efecto la enema en el ano como una bala que
se embala diez tragos de jerez por la garganta, galopa, que te
galopa, con Rocinante y Clarín, el rey de la risa, y el hazmereír,
digo por fin, nada al revés de los sin fin, no quiero acabar de
reírme sin empezar a llorar–porque las mismas lágrimas que
me hicieron reír me han hecho llorar–pero no las mismas palabras me han hecho caerme de culo y escribir de otra forma
con el trasero, a veces con la derecha, a veces con la izquierda, o por delante o por detrás, lo que cuenta del cómo se
haga es el cómo se hizo, si supo bien, si llegó a su cumbre más
leve o a su cumbre más llana, y si tocó fondo, o si no había
fondo dentro de los muchos fondos que se caían de nuevo en
los bajos y altos fondos de los culos que se caían de culo en
los bajos fondos de los sacos sin sacos–porque no había nada
que sacar–estaban sin fondos–y se permitían el lujo de existir
cayendo en los sacos sin fondos, y algunos se creían que tenían
que llegar al fondo del fondo del saco sin fondo y por eso se
seguían cayendo allí donde un sin fin de fondos sin fondos
encontraban el fondo del fondo donde no había fondo donde

caer excepto en los bajos fondos donde caían en el culo del ano, donde se embalaban la pepa, y se reían, porque sabían que caían, y cuando caían brincaban como los muñequitos de las estrellitas, y se reían, disfrutando lo que decían las estrellitas cuando relucían como pepitas de luciérnagas, diamantes en lebreles de ganzos y de disparates que con la magia del culo se iban haciendo verdes como las cacas, y fríos, como las caquitas fritas, digo que me voy cayendo de culo en el saco sin fondo del fondo del lebrel y del cascabel, y en eso me da por virarme al revés, o al derecho, que da lo mismo, porque la derecha está a la izquierda de la derecha donde se encuentra la izquierda escribiendo con la derecha las mismas palabras que decía la derecha, porque se caen de culo las dos, porque sólo tienen una lengua que las hace escribir con la derecha o con la izquierda, pero siempre al revés de los cristianos, al revés, digo que me fui cayendo de culo, y entonces me dio por tirarle de la lengua al culo, como si el culo tuviera una lengua por donde entrar o por donde salir, antes de entrar en su lengua, antes de entrar y salir por la entrada de la lengua, donde el culo se está cayendo de culo todavía, y no ha dejado de entrar y de salir, por delante y por detrás, la de alante corre mucho, y la de atrás se quedará.

III. Black-Out

Perro Realengo

Camino con botas, boteando el piso, golpeándolo, y mientras más rápido voy, más pierdo de perspectiva, porque dejo atrás, y nunca viro la cabeza para ver lo que dejé detrás. Digo que voy para el sur–y voy para el Sur–ya estoy llegando a mi destino. Pero mi afán, que triunfa sobre mi destino, me induce a darle otra vuelta a la manzana del norte, a llegar por el oeste, a admirar la punta infinita de la orilla de las aguas, a quedarme embelesada contemplando un maniquí, y los zapatos que lleva puestos–a desear ser yo misma el maniquí–a ver que el viento hace que vuelen periódicos–a ver un ratón entrar en un acueducto. Y pasar cerca de una rata, y ver correr con mayor afán que el mío a un ladrón, y vociferar a un loco–pero todos pasan para no volver a pasar después, o sabiendo que volverán a pisar el mismo río donde nuevas aguas habrán de correr–aguas que de todas formas seguirán siendo aguas–pero con qué afán quieren dejar de ser–entregarse a la corriente, correr, nadar, perecer–dejar de ser los que fueron ayer–no sentir el ayer navegando sobre sus espaldas, apuñalando con un cuchillo las espaldas del hoy, los seres del ayer vienen a preguntarnos: ¿por qué? Como si el por qué fuera a responder por qué no somos lo que fuimos ayer. Y con tantas vueltas que le he dado a la

misma manzana–todavía nadie sabe quién soy yo. Y en cada
vuelta que le doy a la misma manzana–a veces bostezo,
porque no descubro nada nuevo, nada que me invite a pensar.
Pero no tiene la culpa la manzana de Adán que es siempre
una manzana que me incita a pensar–tengo yo misma la
culpa–me inculpo–por no renovar en el fondo de mis anhelos los meandros por donde han ido las aguas de mi juventud.
Perezosa, caprichosa, impetuosa, deseosa, cansada, embelesada, rabiosa, con verdad, con recuerdos y rencorosa,
o meditativa como un árbol otoñal que en medio de la prima-
vera recupera su juventud, y llena de clichés que suenan a
palabras que he mezclado con vino tinto donde se enturbian
los vinos de mis deseos y nuevamente me incitan a pensar las
uvas me miro en uno de los espejos y descubro a otra persona
que me está mirando a mí. Pero quién soy yo si yo no me
descubro en ninguna de las dos personas que se están
mirando, a ver si me reconocen a mí, cuando ya yo me he
escapado, porque no aguanto estar fija en un instante que
tenga la osadía de querer fijarme como un cuadro en los clavos de una pared, no aguanto ser yo misma, la que acabo de
ser, la que ya no soy, la que se escapó con el instante que ya no
es, y corrí, y corrí, porque no quería estar metida en mí
misma, porque no me encontraba bien corriendo dentro del
cuerpo que no poseía, mi cuerpo, qué cuerpo, si yo quiero
ocasionar un fuego, y quemarlo con todos mis recuerdos, con
todas las posesiones que me han encarcelado en un cuerpo
que ya no soy yo–porque nunca lo habité cuando me fui
yendo de mí misma para no volver a encontrarme conmigo
misma, no porque me deteste a mí misma, sino porque quién
soy yo misma que me quiero tanto para estar dentro de mí
por tanto tiempo y no querer salir como salen los astronautas

de la órbita de la tierra, o como se van los muertos–los que nos abandonan–los que se van y no vuelven a visitarnos–porque se quieren ir de la tierra, como tú, como yo, como todos los inmortales que tienen sed y hambre de tanta muerte instantánea que no se acaba de incendiar y volar y elevar y–puedo seguir hablando porque el agua sigue corriendo y yo sigo caminando y si no paro de hablar hablo como camino pisando la tierra e inculpándome a mí: por qué yo–ahora–y no ayer. Por qué yo en este momento–y no en otro momento en que tenía deseos de ser yo–y no me encontraba con ganas de ser yo–pero el no encontrarme dentro de mi yo me hacía inculparme y preguntarme: ¿por qué yo? Y por qué ahora–y no antes–soy yo–la que ahora y no antes tiene razón en inculparse, dándose–dándome golpes en el pecho como si yo misma me estuviera inculpando a mí misma por un crimen de identidad que nunca he encontrado en mí misma, y que ahora la veo dentro de mi pecho, agitando contra mi propio pecho su propia inculpación, echándome a mí misma tantas culpas que me inculpan echándome la culpa y sacándome la culpa del pecho porque nunca me he sentido culpable de nada excepto de la opresión que me oprime y no es mi culpa ser oprimida por mi propia culpa que me inculpa contra la espada y la pared, contra la multitud, señalándome como un caso aparte que algunos llamarían con ceños arrugados excepción a la regla de la inculpación que se culpa–por no haber hecho lo que tenía que hacer cuando tenía que haberlo hecho por haberlo hecho después que el tiempo pasó de tiempo y se hizo viejo y pasó. Pasé, voy y vuelvo por donde fui, por donde volveré a pasar, por donde no me encuentro nunca ni una sola vez encerrada en la cárcel, tras las rejas mirando, el bienestar que ahora siento pensando que estoy afuera pasando por el mismo lugar que dejé de pasar y que ahora vuelvo a ver–y no sé si pasé, si estuve allí, o si fue otra de mis alucinaciones–por donde estoy ahora no recuerdo haber estado nunca y por eso vuelvo a pasar a ver si lo reconozco o si me lo aprendo de memoria o si lo olvido alucinando con la memoria a cuestas cuesta lo que cuesta recordar estar y ser olvidando lo que fui pasando fui menos y soy ahora la que fui y basta–ya olvidé quién soy yo y vuelvo a ser el olvido que olvida que se olvidó quién era yo. Ya soy la que soy sin ser quien fui sin ser sincera y sincerarme sano mis pensamientos. Sana curita, la medicina se acaba, y tú te tienes que levantar con las mañanas para volverte a acostar después. Marayo parta a los pensamientos que no se quieren acostar a dormir, y que por más que yo vuelva a mi casa y me acueste a dormir ellos siguen acosándome con las moscas de sus pensamientos zumbándome por todos los costados de mi cama y yo cuento hasta 100,000 y ellos siguen entrando por todas partes no importa cuán cerrados se queden mis ojos si ellos siguen pensando es que estoy viva y no muerta–pero peor que viva o que muerta–es estar pensando sin descanso ni reposo por todos los costados cuando me entran pensamientos por todas partes–a algunos les digo: espérense. Esperen a que me despierte mañana. Ahora no puedo atenderlos. Esa idea que me ha entrado de repente se me clava en la imaginación–pero no puedo pensarla bien y se queda suspensa–en suspensión–como si se quedara en el aire pensando–mientras otras entran con mucha más agresión a quererle quitar el puesto a la idea que se queda suspensa, lívida, esta idea es tímida, y es la que más me llama la atención, es mi favorita–pero no me deja dormir porque se queda suspendida en los sueños–que ni siquiera puedo soñar porque la idea suspendida les roba el sueño a las otras ideas que no me dejan dormir y que mañana tengo que sin falta escribir. Como si los pensamientos estuvieran en sí mismos ensimismados, o por supuesto, como en ellos mismos están los supuestos o las suposiciones, se suponen suponiendo en suposiciones categóricas y fálicas y fallidas y se quedan presuponiendo o suponiendo supuestos supuestamente poniendo nada en nada, y presuponiendo presumidos, presuntuosos, prepotentes, imponiéndose a los verdaderos, los que inclinan su frente, obedeciendo, porque se imponen los otros, a la fuerza, esto se llama el boss que se le impone a los demás (y no piensa) propiamente dicho pierde toda su fuerza cuando piensa, porque es prepotente e impotente impone su fuerza a la fuerza, el boss de la fuerza, no del capricho, ah, si el capricho tuviera más fuerza cuando se cae sobre los otros haciendo piruetas, precipitadamente, oh, por Dios, te pareces a Neruda con sus adverbios presuntos categóricos que se acaban con la mente puesta en el precipicio que se precipita precipitadamente, tantas mentes no se necesitan para precipitarse, si vas directo al grano, directo a la flecha, y vuelas, alas, se estrellan, de nuevo vas directo a la flecha y caes en la clave del pensamiento, y eres brillante porque brillas como un diamante, y no tienes dentro ninguna manchita (lo siento, a mí me gustan mucho las manchitas), tú no sabes de lo que yo estoy hablando, y por qué me llevas la contraria, para hacerme perder el meandro conductor, si no soy fuerte como un relajo que se relaja y se desalienta y pierde el mal humor de su relajo, porque pierde el aliento de su pata, la del gato, y su roca, la de la piedra que es su fundamento cuando se funda en la piedra y se sienta, para no perder aliento, y ahora ya no es un gato, sino un perro, y jadea, y se cae en el meollo de las cuatro patas del gato. La verdad no tiene cláusulas ni subterfugios, no anda con gríngolas ni con muletas, no es artrítica, no se queja–aúlla como un perro al infinito y pide maná del cielo que caiga como lluvia, no se ahoga en un vaso de agua, no deja que le doren la píldora–no anda con yeso, saltando como un güimo con muletas de aquí pá allá. He dicho muchas veces en mi epístola evangélica, no para darme pistos, ni para comer pistachos, no soy el canario que se balancea en el columpio dentro de la jaula, comiendo los pistachos–me he ido y me sigo yendo de todas las jaulas–he sentido la urgencia de salir por la puerta como Pedro por su casa y no volver a mirar hacia atrás. No les digo no a las cláusulas en subjuntivo, no les digo no a los paréntesis que se cierran cuando se tienen que cerrar, no les digo no a los que abiertos se quedan o porque nadie los cierra o porque les están buscando las patas al cuatro gatos y no se las acaban de encontrar y se les están perdiendo las patas en las cláusulas en subjuntivo donde se han metido en la boca del lobo y no encuentran la luz del día, y no le digo no a la obscuridad por más obscura que sea y que no me permita ver el día, y no le digo no a ninguno de los dos aunque los dos se crean que tienen la verdad infinita porque no transitan la misma línea divisoria, o porque dos líneas paralelas nunca llegan a confrontar sus penas. Tengo que volver a ir por aquí y por allá–algo perdí que tengo que volver a encontrar–localizar los espacios donde me he sentido bien– porque ahora en ningún espacio me siento–sólo en el espacio impermanente que no se siente bien en ninguno–y no es que no me sienta bien–es que la única manera en que me siento bien es en el eterno dinamismo de mi ser errante–que cruza las fronteras sin encontrar la atadura de la frontera–en los hoteles–donde la gente que se conoce no se ha conocido

nunca–me siento bien cuando estoy perdida–esta es la realidad–cuando más perdida estoy, no me siento perdida–siento
que me encuentro con la fórmula de mi juventud, o con el
dinamismo de mi movimiento–no manteniendo un cruce de
palabras con nadie–la gente es un disturbio para la imaginación que crea, sólo husmeando–intuyendo–incluso
regresando, yendo–yendo–cuando la intuición del paseo con
rumbo incierto y peligro–y pasan casas, montañas, fuentes,
restaurantes–y todos atrás se quedan–atrás se quedan todos
que yo me voy como los días cuando la noche los obscurece,
como las noches cuando los días las alumbran, cuando en
medio de una noche una linterna resplandece–esa es la de
mis ojos que miran buhóticos–y no es que no crea en nada, o
que no crea que haya verdades, o que no haya estado encade-
nada a una cadena, es que mi ser ronda la vida–vigilándola. Y
todavía no he dicho lo que tengo que decir porque lo que
tengo que decir es el apresuramiento que tengo que expresar
cuando camino–la falta de permanencia, la inestabilidad, la
prisa de lo que se rompe o se desata como el moño de un lazo
y dentro del nudo está el regalo, y eso no es tampoco ni necesario ni urgente, lo importante es que voy dejando atrás lo
que pasa, lo que tiene que pasar, lo que ya era tiempo que
pasara, y me siento liviana sin estas maletas pesadas–y el
retraso espiritual de mi ser se adelanta a su ser y anuncia con
una trompeta el tiempo del advenimiento y de la anuncia-
ción, el venidero, el que vendrá y yo estaré con él adelante
porque me fui con mis piernas a buscarlo y le dije adiós a
todos los retrasos, qué extraño, pasé de un estado inferior a
uno superior–sin ascensores ni elevadores, sin intermedios
ni transiciones–me transporto yo misma con mis piernas,
viajo con mis piernas, veo con mis ojos, intuyo con mi

intuición–y todavía el nudo que me aprieta por dentro–que
me mantiene aquí–no se desata–por eso lo escribo mientras
lo busco–para encontrarlo mientras camino cuando el afán
de mirarlo sin encontrarlo arde en el fuego cuando me voy de
lo que ya no amo–de lo que nunca fue mío–cuando los dejo a
todos detrás–y no siento ningún apuro en dejarlos–ellos se
quedaron atrás por alguna razón–alguna diligencia estarán
haciendo, le estarán resolviendo algún asunto a alguien, esa
clase de relaciones que se relacionan por mandatos de otros–
para hacer algo por el otro–y no por uno–por lo venidero–
porque ni siquiera por mí misma me dejo atrás a mí misma,
porque ni a la mí misma que se queda atrás y poseída por sus
pertenencias le tengo ninguna simpatía ni arraigo. De las
raíces huyo como el vampiro a la cruz y de las cruces que se
sacrifican por los otros también huyo del dicho que dice un
clavo saca otro clavo pero salirse de todos los clavos y desen-
clavar a los Cristos cristianos de la cruz del sacrificio, redi-
mirlos de todos sus sacrificios y decirles: Vayanse de sus
casas, de sus oficios, de todo lo que los ate a un nombre, a un
apellido, y a otros y otros apellidos que te enclavan en el sacrificio de la familia humana. Por eso me estoy yendo desde
hace tiempo a donde el irse es lo único cierto que me llama la
atención, el irse lejos de aquí, el nunca más estar aquí, donde
yo nací, donde yo crecí, donde yo me reproduje, en el espejo
donde me encontré con el gusano que dicen ser yo misma–y
cuando hablo me estoy yendo de lo que digo en un barco que
navega con las cuatro patas de sus motores que lo anclan en
el mar, hacia adelante donde nadie sabe a dónde vamos, pero
vamos a alguna parte y hemos perdido de vista lo que dejamos atrás–tanta importancia que le dimos a lo que dejamos
atrás y mira que pequeño se queda cuando lo dejamos atrás y

con júbilo se va quedando más pequeño como cuando nos
fuimos de la infancia a bordo de la adolescencia en un viaje
lleno de tormentas y abordamos con maletas en otros puer-
tos–lo importante es que ninguno tenga una frontera–que no
sepamos por dónde vamos pero que vayamos siempre a
donde vayamos vayámonos de todos–y de nadie–a nadie
consideremos tan importante para no partir en este viaje que
nos lleva–adiós–hacia fronteras insospechadas–donde la
frontera es la única sospecha que sospecha–porque no hay
sospechosos a bordo de la frontera que nos afronta y que
haya murallas, fuertes o fortalezas, hombres de baja y alta
estatura, enredaderas que nos creen ataduras a la tierra, yo
siempre miro el horizonte más allá del mar, donde yo quiero
llegar, donde no ha llegado nadie, al di là, donde ni yo misma
sé que puedo llegar a soñar, soñando, caminando se hace lo
que se tiene que hacer, y entonces cuál es el destino de los
hombres que vuelan, tocar el sol y quemarse, o encontrarse
con el destinatario del hombre, un ángel con alas grandes que
lo devuelve como una cigüeña al lugar donde lo vio nacer,
crecer y morir, o lograr algo con sus ansias que se queman
cuando andan–perdurando en el andar, andando por todas
las partes en que no he cruzado una ribera, un puente o una
quimera, me siento a considerar de dónde vengo y hacia
dónde mis pensamientos inclinan su frente: voy al ombligo
del sur, a la libertad, a la estatua, a quemar mi ser en el estar
permanente que soy, a estar bien con mi ser cuando estando
bien se encuentra bien consigo mismo en su ser, se encuentra
conmigo y estando siendo sin ser estar siendo sin estar estar
siendo estar siendo en todo lo que soy estar haciendo las
cosas que estoy haciendo hoy estar haciendo sin estar en un
ser que no soy yo y que no me conoce porque ya no me

habita, se ha ido de mí, me ha dicho adiós tantas veces–y con tanta premura, y con tanta desilusión en sus alas–como si lo inculpara el estar siendo sin mí–si yo sin él estoy diciendo que me apuro–apuro de todo lo que siento–apuro, apuro, a puro golpe de pulmón o de tinta o de alimento, me estoy yendo de aquí–y me estoy yendo–porque no me he acabado de ir de una vez y por todas, porque algo o alguien regresa a buscar una parte de mi ser cuando voy encontrando la frontera–dejé las llaves en la casa–y qué me importa–si no pienso volver a la casa–dejaste una de tus maletas–me gritan–y qué me importa–si la dejé es porque no quiero ser un miembro integral del comité de una maleta que no acaba de partir como parten las maletas, sin prisa de perderse en la aduana, sin haber perdido la verguenza de perderse, desfachatez desnuda del ser que se va de todo sin encontrarse en nada. Adiós. Adiós. Adiós.

Sardina en Lata

S i son las 5 de la tarde un viernes–y no haz tenido nada que hacer en tu trabajo, y a las 5, tu boss te da una asignación–déjasela en su escritorio que la haga él, cierra tu escritorio–cierra la computadora–y sal de allí. Si te oprime, analiza lo que significa la opresión. ¿A ti no te oprime tu propio destino? ¿No tienes ansias de lograr algo que no tenga que sentir una presión externa? ¿De dónde te vienen los mandatos–de las responsabilidades del que te oprime–o un destino superior te está llamando a hacer algo con tu vida? Sabes acaso lo que es la vocación, te han llamado desde las entrañas de tu hígado–si es que tienes un hígado–o desde tus pulmones–o desde el enamoramiento de tus ojos sientes que hay algo, alguien superior a tus fuerzas, superior a ti mismo, que te impulsa a seguirle. Si no–qué tienes–te pregunto–un boss que te pica y te muerde todos los días–no te gusta, pues déjalo. Quién se deja oprimir por la mediocridad, porque la reconoce como mediocre, y nada hace en contra de ella, es oprimido, por el Boss, es oprimido por la mediocridad, y es doblemente mediocre. Y no me digas tú: De qué voy a vivir? No es de qué vas a vivir. Es si te vas a atrever a vivir–a vivir sin preocuparte de lo que vas a vivir. Yo me voy de todos los bosses, y no me voy oprimiendo, como dicen algunos, porque o estás arriba, o abajo, no, no es cierto, no estoy arriba ni abajo, estoy pasando como pasan las nubes en el cielo, como pasa el sol llenando de luz diaria la tierra, si no pasas, si no aceptas que estás aquí pasando, si tu ser no está, está pasando en todas partes, porque se está moviendo de lugar, aquí estoy después. Presente. Cuando dejan que uno se oxide—de todas formas aunque no te oxides te vas a oxidar, se te caen los dientes, se te cae el pelo, te llega tu momento, algunos corren, otros van al grano, otros te doran la pildora, otros toman precauciones, otros viven atemorizados—porque la presión externa es tan grande. Es tan fácil decir: no lo voy a hacer, que estás desempleada—todo lo que se desemplea se desenvuelve—se quita el envolvimiento que no te deja desenvolverte. Si te deprimen, te bajan, te están oprimiendo en una lata de sardina—mi pregunta es la siguiente: por qué te dejaste empaquetar en una lata de sardina—si tú no eres una sardina—y tu boss—y las otras sardinas que sí son sardinas— no se dan cuenta que tú no eres una sardina. De tanto estar condicionada a ser sardina, te crees que para existir tienes que estar ensardinada en lata–y oprimida por las otras sardinas que casi son tú misma–porque se te pegan tanto–rinde más quién más trabaja en menos tiempo, quién bajo la presión del enlatamiento y la compresión se comprime más en la lata, posee mayor talento para ser comprimido, mientras más te comprimen más tú te dejas comprimir–y mayor la tensión entre las ratas enlatadas en sardinas, que pican y muerden de feas, saladas y frías–más muertas que vivas. Si te dejas empaquetar en una lata de sardinas, es porque eres una sardina–toda igual, hecha de sal y de aceite, hecha de sordidez y de sordina sorda, de sangre gorda, gorda como la sal salada y amargada—pescado muerto de las sardinas en lata trae mala sarna, trae sarna, sardina en lata, igual a todas, como las moscas, pero al menos las moscas tienen alas y vuelan. Eso es lo que les falta a las sardinas que se dejan empaquetar en una lata, les faltan alas, y tampoco zumban y pican–no zumban ni pican–a los que les oprimen–solo pican y muerden de muertas y de podridas que están. Y el problema radical en que no vuelan, porque no andan, porque no pasan como yo paso, paso de todo, de un estado inferior en que estaba oprimida como una sardina en lata, a un estado superior, en que despego mis alas de acero y vuelo. Por qué dejaste de ser Baco, por qué cambiaste laureles por espinas, chinas por botellas, alas por latas, alegría por dolor, vida por muerte. Pasa, acaba de pasar, milenio, que contigo pasa el dolor.

Epílogo

En la encrucijada en que dos caminos se bifurca, vi entonces encontrarse a dos amigos, Hamlet y Zarathustra, cargando a dos muertos.

Zarathustra: ¿Qué haces aquí? Con un muerto.

Hamlet: Y tú también. Con otro muerto.

Zarathustra: Hay que enterrar a los muertos.

Giannina: Yo también cargo con un muerto.

Hamlet: ¿Quién te dio vela en este entierro?

Giannina: Voy a enterrar al siglo XX.

Zarathustra: Yo al trapecista superhombre.

Hamlet: Ya es tiempo de que entierres al Super.

Zarathustra: Y tú a tu circunstancia.

Hamlet: Yo soy yo.

Zarathustra:	Te mataron tus circunstancias. Qué mucho me pesa este muerto. Es una reminiscencia la que siento. Un déjà vu. Sí, es Cristo cargando la cruz del infierno del sacrificio.
Giannina:	Esa cruz que cargó Cristo. Es el mismo muerto que están cargando ustedes multiplicado por tres por dos o por cuatro. Y estamos finalizando el XX y yo con este muerto. Le vi la espalda al XX y ahora le quiero ver los ojos al XXI. Y aunque no lo llegue a habitar entero–tal vez como Moisés–lo veo con los ojos aunque con el cuerpo no lo habite entero. Habitaré en su comienzo. Y le pregonizo grandes augurios. Suerte, enano. Que los enanos traen suerte.
Zarathustra:	¿Y dónde vas a enterrar a ese muerto?
Giannina:	En el mausoleo de la libertad cuya estatua más muerta que tus muertos, lleva una antorcha encendida.
Hamlet:	¿Quién te dio vela en este entierro?
Giannina:	La libertad que esta muerta. Estoy en mí misma con lo que soy por

dentro. Con lo que tengo por dentro. Con el qué dirán por fuera. No me importan los vejigantes ni las quimeras. Las superficies superficiales adelantan sus olas bailarinas y delante de mí el bombero dice: ¡Fuego! ¡Fuego Popular! Fulminante. Aire. Dinamita. Alegría. Ya viene el cortejo. El cortejo de la dinamita.

El Papa: muerto
Las Furias: alegres
Los estribos: zafados
El corazón: contento
Las mariposas: volando
El tenerife: temblando
El comején: comiendo

Y qué pasa cuando el sol es la noche, cuando no hay diferencia, porque toda la democracia ha dicho: todo es igual: aire, agua, tierra, cielo, montaña, todas y todos iguales. Tenemos el mismo derecho.

Hamlet: Quién te dio vela en este entierro.

Giannina: ¡Dios que está muerto!